远古探险记

从三叶虫到恐龙

问来问去 著

中国旅游出版社

项目策划：李志忠
责任编辑：林昱辰
责任印制：钱　宬
封面设计：中文天地

图书在版编目（CIP）数据

远古探险记：从三叶虫到恐龙 / 问来问去著 . 北京：中国旅游出版社，2024. 9. -- ISBN 978-7-5032-7426-8

Ⅰ . I247.7

中国国家版本馆 CIP 数据核字第 2024FR2230 号

书　　名：远古探险记：从三叶虫到恐龙

作　　者：问来问去　著
出版发行：中国旅游出版社
（北京静安东里 6 号　邮编：100028）
https://www.cttp.net.cn　E-mail: cttp@mct.gov.cn
营销中心电话：010-57377103，010-57377106
读者服务部电话：010-57377107
排　　版：北京中文天地文化艺术有限公司
印　　刷：北京工商事务印刷有限公司
版　　次：2024 年 9 月第 1 版　2024 年 9 月第 1 次印刷
开　　本：880 毫米 ×1230 毫米　1/32
印　　张：7
字　　数：107 千
定　　价：45.00 元
I S B N　978-7-5032-7426-8

序言一

致小朋友的话

亲爱的小朋友：

你好！你是不是也会问“我从哪里来”这个问题？不瞒你说，我都已经是一个爸爸了，也时常想这个问题。其实，“人类从哪里来”这个问题，只是“生命从哪里来”问题的一部分，当我们了解了地球生命起源及发展的过程，我们就能理解人类从哪里来了。为了更好地回答这样的问题，我便萌生了写一本书的想法。由想法变成计划，由计划再变成行动。于是，经过一年半的辛苦写作，终于完成了这本书。现在这本书终于出版，到了你的手中，希望能够对这个问题有所解答。

这是一本记录地球上曾经存在过的生命的书，讲的是科学探险的故事，由五名探险小队员，穿越时空回到过去，完成从元古代（约 8 亿年前）到白垩纪（约 1 亿年前），跨越约 7 亿年的地球生物的记录工作。他们穿着穿越服，驾驶时光飞行器，操控无人机，手持各种酷炫的武器和科考设备，与机器人合作，探查了各个世代的地球环境，观察了各种各样的远古生物，经历了许许多多的艰难险阻，完成了一个又一个科考任务。在这个过程中，他们克服了火山、海啸、地震、洪水等的威胁，打败了巨虫、猛兽、怪鱼、恐龙的进攻，探查了茂密的森林和广阔的海洋，记录了无数生活在远古时代的生物，还帮助了一些受困动物回归了家园……

小朋友们，不仅生命的起源值得我们去探索，宇宙的起源、生命的未来、世界的尽头，都值得我们去探索，人类面前还有无数个未知等待我们去解答，还有许多个秘密等待我们去发现。就比如当下，人工智能将如何影响人类的命运？人类如何应对气候的剧烈变化？大洋最深处到底有没有生物？南极冰盖下埋藏有什么秘密？月球基地能不能顺利建起来？登陆火星还要多久？等等。如果你有兴趣，那么不妨从现在就列个计划，开始行动吧！

序言二

致大朋友们的话

亲爱的大朋友们，你们好！呈现在大家面前的这本小书，是我用一年半时间，倾力完成的一册科普读物，也是一部浅显的科幻小说。它主要是写给 8 岁以上小朋友的。当然，如果您是充满好奇心的大朋友，对宇宙、地球、生命的探索满怀兴趣，那这本书也适合您。

与很多大朋友一样，我也是一个对未知世界充满好奇心的大人。在中国地质大学对地球科学的学习，让我初步认识了宇宙的无垠。毕业后的工作和旅行，使我有机会走遍大江南北。行过万里路之后，我又有幸回到了校园，来到了清华大学，继续了自己“破万卷书”之旅。也或许是人到中年了吧，在与师友们的共处和交流中，我常常会反思：人类文明如此快速的发展，到底给人类带来了什么？是幸福，还是危险？人类未来会走向何方，还能走多远？

我是谁？从哪里来，会到哪里去？这是人类的终极问题，既是哲学、神学的出发点和落脚点，也是科学研究的出发点和落脚点。这个答案很简单，也不简单，很多人，一生也想不明白，但很多人又不停地苦苦追寻，从古代追寻到现代，还要追寻到未来。探寻生命的意义、探寻人生的价值，表面上是为了寻得明白，很多时候是不愿意接受现实。西方文化宣扬独立自由，为自己而活；东方文化讲究集体主义，个人要做出牺牲。换个角度去看，它们的差异，不过是个体创造的价值该多大程度上由集体占有和分配的问题。如果从更高维度看，比如从宇宙层面，把大自然和人类统筹考虑，我们就会发现，人类创造的所有价值、所有文明、所有成就、所有辉煌，都是依托环境而建立的，自然从未被人类征服，宇宙从未被人类认清。

人类，不过是《三体》里的火鸡，常常自以为是，当面对更先进的文明时，却变得自卑。人类，也或许如恐龙一样，再努力进化，也挡不住一颗小行星的撞击。当然，我不是要在这里宣扬宿命论，我想让大家思考一句老话——“天外有天”。要珍惜生命，不要盲目地去“征服自然”，天空、山峰、海洋，它们就在那里，没有人能够征服；要可持续发展，不要对自然索取无度，要与土地、海洋、河湖、湿地、森林、草原、矿产等和谐共处。

除了读书和旅行，我还是一名影视剧热爱者，对动画片也广有涉猎。有了女儿“天天”以后，更是每逢佳片都要拉上她一起看。层出不穷的生动有趣、制作精良又立意深刻的动画片，为我们的生活增添了许多乐趣。每每我们为一部动画片共情或争论后，我都能感叹动画这种艺术作品对孩子的潜移默化的影响。比如，我们常常讨论日本动画大师宫崎骏的作品，“龙猫”为什么会飞？“无脸人”为什么没有脸？“千寻”的爸妈为何会变成猪？“哈尔的移动城堡”是怎么回事？当女儿第一次熟练地弹奏《天空之城》主题曲时，我感到无比幸福，仿佛不是动画人物，而是我们自己，开始的一场场奇幻探险之旅。欧美的片子，也有很多细节让人印象深刻，比如，《疯狂动物城》里“弱小”的动物才是真正的“大反派”，奇慢无比的树懒却起名“闪电”，让人忍俊不禁；《寻梦环游记》里的“死亡不是永别，遗忘才是”，让女儿为之落泪。

每一次的欢笑与泪水，都是孩子与我对作品角色和剧情的真情流露，也是对作品要表达的关于宇宙、地球、生命、亲情、友情、爱情等元素的共情。于是，我有了自己做动画的想法，但是，由于自己没有丝毫绘画功底，所以决定从写书开始。

我想，最好的言传身教，就是和孩子共同去做有意义的事。可以是登山、跑步，可以是旅行、读书，也可以是看电影、听话剧。创作这本书的过程，我也让女儿参与进来了。例如，五个主人公名字的确定、封面和版式的设计以及一些情节的修改，都经过了我和女儿、妻子的反复探讨。如今，这本书出版了，相信也是孩子的一个骄傲。

长期从事自然科学的研究和生产工作，使我总是怀着一颗敬畏之心看待自然和生命。筹备经年，终于在不惑之际，鼓足勇气将自己的所爱、所思、所想总结成书。希望小朋友们从小就能敢于、乐于并有机会去感受宇宙的浩瀚，探索生命的奥秘，从而树立对自然的敬畏之心。我认为，这是人类妥善处理自身与环境关系的重大问题。只有更多的孩子能够独立思考、大胆想象，勇于探索、敢于承担，才能保证人类有更光明、更美好的未来。

简而言之，希望小朋友阅读本书后，能够保持自己的好奇心，增强自己的探索本领；希望大朋友们，对人生、生命和宇宙会有新的认识，毕竟事物总是多面的，何必总从一个角度看问题？

必须指出，由于个人水平有限，难免出现纰漏，希望大家批评指正。

特别感谢两位恩师：中国地质大学的徐恒力教授和清华大学的温宗国教授。两位恩师的谆谆教诲，是我一次次修改书稿的动力。还要感谢清华大学郭敏老师、北京大学周克民老师的无私帮助，清华大学 MEM 乡村振兴科创俱乐部李静波主席、智谱清言公司田金强总监，以及耿学飞律师的帮忙。感谢中国旅游出版社李志忠编辑对本书出版的全程指导！感谢河南省地质系统多位专家、领导和同仁的帮助。感谢许许多多老同学和新同学、老朋友和新朋友，与你们的交流给了我许多创作的灵感。

最后，感谢亲爱的妻子和女儿的陪伴，这本书首先要送给你们！

目录

前　奏

日月如梭，故事发生时，日子已经逼近2200年。一切照旧：宇宙浩瀚无垠，星系绕转其中，地球之上，太阳依然东升西落，月亮仍然昼伏夜出，地球还是个蓝色的星球，和2024年一样。

可是，残酷的现实已然发生，随着人类活动的增加、传统能源的大量消耗，温室气体浓度持续增加，地球平均气温升幅

北极熊在融化的冰上

早已突破了《巴黎协定》确定的2℃目标。北极冰川在夏季已完全融化，海豹、海象在北极的栖息地消失殆尽，种群数量大大减少。食物的减少导致北极熊的数量大减。南极冰川的面积也减少了大半，南极企鹅的命运同样岌岌可危。冰川融化使海平面上升，太平洋、印度洋上的一些岛国已被海水淹没。这些国家和地区的居民不得不迁往他地居住，成为气候难民，引发了许多全球性的社会问题。而内陆地区的气候问题也日益严重，干旱和洪水交替上演，地质灾害频仍，适宜人类居住的区域越来越少，各民族、各国家的矛盾日益突出，地球随时处在毁灭的边缘。

然而，一轮又一轮的联合国气候变化谈判仍在艰难地进行。个别发达国家仍妄图利用气候问题限制他国的发展，且不愿做出减碳和碳中和承诺，不少大国承诺的碳中和目标也没有实现，很多新兴经济体仍有增加碳排放的需求，而失去家园的岛国居民，没有人关心……出于不同的利益考虑，各国代表在国际会议上唇枪舌剑，似无休止，好像他们都不关心，也看不到地球将要面临的可怕灾难。

虽然，科学技术取得了大量新突破，太阳能、风能等绿色能源已广泛应用，“人造太阳”（核聚变电站）也大量建造，但依然满足不了人类的能源需求。智能机器人、低空飞行器、智慧城市、智能家居、智能穿戴、智能工厂等等，极大地便利了人们的生产生活，人们可以有更多的时间娱乐、消费，环球旅行甚至太空旅游，可这也意味着更高的能源需求。加上人类寿命延长，地球人口已超过100亿，进一步加重了能源压力，也使正在减少的陆地变得更加拥挤。

不安定因素纷至沓来，新能源对应的矿物材料成为战略物资，各国常为此爆发冲突甚至战争；民族矛盾、宗教矛盾依然严重，全人类仍未对世界未来形成共识；智能交通常因设备老化和黑客攻击发生事故，造成大量人员伤亡；贫富差距依然很大，暴动与游行时常发生；人与人之间越来越疏远，都成了智能设备的“奴隶”……地球正变得对人越来越不友好。

离开这里吧！这是很多人的心声。是的，新一代飞行器正在研制，星际飞行、时光飞行已经成为可能，移民其他星系、

飞行汽车

星际移民

回到地球远古时代也不再是难事，时光机已经突破了光速的限制，可以带领人类穿越时间，回到过去，或者到达宇宙边缘。

然而，相关工程都需要有计划地开展，它们的实现需要极大的能源能量支持，必须保证项目目标能有效实现。

2200 年，中国北京，古生物研究中心秘密实验室。一项旨在了解地球远古时代自然环境和物种信息的工程——远古自然环境与生态考察工程正在启动。

“阿问博士，我想问，既然我们能够穿越到地质年代，为什么只是进行考察记录，而不把那些生物带回来呢？”

白胡子的阿问博士呵呵一笑：“翔宇，我们的目的是给人类找个归宿，而不是复活灭绝了的动物！”他指着实验室角落里的地球仪说：“地球只有这么大，但已经有 100 亿人口了，把每个时代的动物都带回来，地球就更住不下了。”

“明白了！研究地球生命过程中的自然生态变化情况，记录各时代物种的进化、演进情况，好为我们人类移民太阳系外，适应新的星球环境提供科学指导。”

“部分正确，移民太阳系外，是我们更长远的目标。当下，更重要的还是要探索气候继续变暖可能带来的地球自然环境的变化，以及人类可能面对的自然灾难，进而寻求应对办法。比如，发现更能适应气候变暖条件下的动植物基因，通过基因改造使我们的作物、蔬菜、花卉、树木，甚至禽类、家畜都能更好适应未来环境，不至于因气候变化而造成它们的减产或灭绝。不然我们人类，就真的成‘孤家寡人’了。翔宇，你将会发现，这个工作真是棒极了，数据采集行动由你负责，一定要完成任务。但更重要的是，要确保每个人都安全地回来！”

“是！博士！”云翔宇敬了个礼。

特别行动队的任务是穿越到远古时代，考察当时的自然生态情况，记录古生物基因信息，建立地球生命基因库。一支5人组成的特别行动队穿上了穿越服，整装待发，他们分别是：

队长　云翔宇；
基因测序员　林悠然；
时光机操作员　艾极光；
救生员　洪海波；
后勤保障员　金健一。

队员们身上的穿越服外形与普通的太空服没有多大区别，但是它们有着极好的水下防护及辅助潜水功能，大家都喜欢称它们为“飞鱼服”。是的，听起来像是明朝锦衣卫穿的那种。现在我来说说它们令人惊叹的特性。

首先，它具有极高的强度和轻量化特性，使穿越服在保持强韧性的同时，又足够轻便。包括头盔、上身保护服、下身保护服以及鞋子。鞋子是特别设计的，能够适应各种地形和环境，可以保证队员在任何环境下都能行动自如。此外，穿越服还配备了先进的生命支持系统，包括氧气供应、温度控制、湿度控制以及内置的食物和淡水供应，也包括智能辅助行动系统。

其次，这种穿越服配备了先进的导航系统，能够依靠时光机的定位系统，帮助队员在未知的星球环境中定向和导航。同时，还配备了先进的通信系统，确保在一定范围之内，队友之间可以无障碍直接进行交流。

最后，是飞鱼服的潜水功能。它抗压能力极强，能帮助队员深潜上千米的海下。还在背部和脚底加装了动力装置，紧急情况下，可以助力队员逃生。

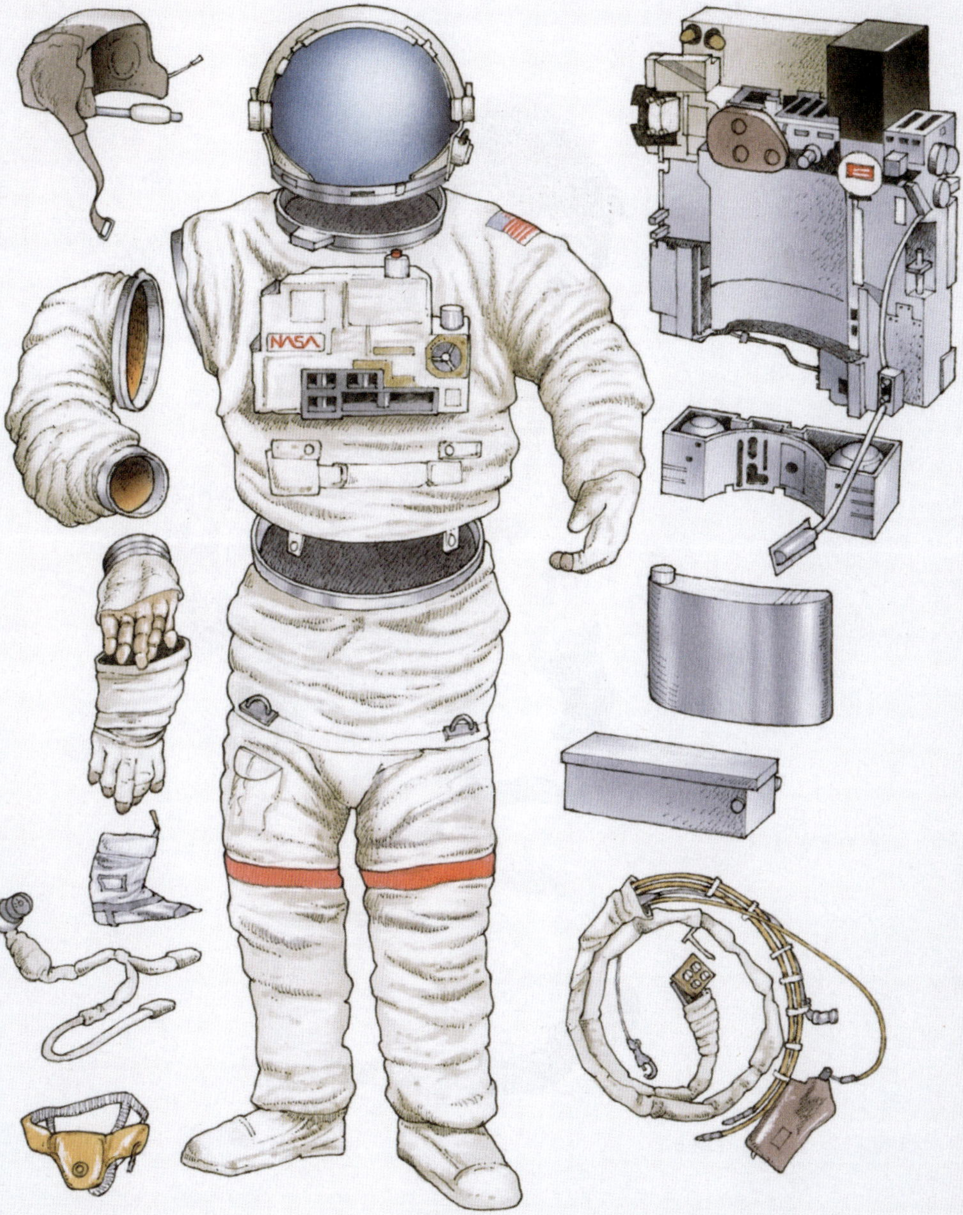

穿越服

身着穿越服的探险队员

第一集　元古代之寂寞星球

第一次执行任务前，阿问博士的实验室。

云翔宇问："博士，时光机既然能够带我们到任何时期，那为什么不去地球的起点看看呢？"

"呃……云翔宇，我们的工作是什么呢？"

"主要是记录原始动物！"

"对啊！地球的起点，是源于宇宙大爆炸。对于整个宇宙来说，地球只能算是宇宙大爆炸后形成的一颗小石头。在地球刚形成的很长一段时间里，地球是一个大火球，到处都是喷发的火山，经过20亿年，才逐渐冷却形成稳定的地壳，那会儿仍然没有稳定的大气层，地球表面除了海洋就是岩石，是没有任何生物的。"

"哦，寂寞的地球！"

"对，寂寞的地球，被宇宙抛弃的孩子。"博士哈哈大笑。

"那我们从哪个时代开始呢？"云翔宇皱着眉头问。

"遥远的太古代就不去了，距离今天25亿～40亿年，即使乘坐我们最先进的“飞梭号”时光机，来回两趟，也要用掉全球所有太阳能电站5年的发电量，咱们项目经费有限，耗不起呀。那么，就去8亿年前的元古代，找找软体动物的起源，从那里开始，感受一下远古的地球吧！”

“是！”云翔宇敬礼后，要离开实验室。

博士叫住他：“翔宇，记住，要小心，虽然元古代的环境，比更早的太古代要好得多，但还是常有火山爆发的。你们虽然受过训练，但实验室的模拟环境与真实环境是不可比的。”

“放心吧，博士，保证完成任务，安全回来！”

发射基地，五人特别行动队，已穿好穿越服，登上了“飞梭号”时光机。

时光机的外观设计独特，由一种尚未完全解密的未知合金构成，它像一个巨大的圆形时钟，中央是一个时空扭曲的能量核心。这个能量核心是时光机的关键部件，由超级人造太阳组成，超级人造太阳的放射性元素也尚未解密。超级人造太阳的能量堆能够产生强大的时空扭曲场，从而打开时空隧道，实现时空穿越。

飞梭号时光机使用了先进的操作系统和导航系统，可以方便选择要前往的时间点和时空隧道出口，能够以精确到秒的时间精度进行时空跳跃。同时，时光机还配备了智能生命支持系统、重力模拟系统、定位系统以及“量子”通信系统等等，确

飞梭号时光机

保乘客在穿越飞行过程中能够安全、舒适。在信号范围内，飞梭号可以被智能召唤。低于光速飞行时，时光机会变形为更符合空气动力学的流线型，酷似梭子，所以得名“飞梭”。

飞梭号内部设施齐全，包含驾驶舱、休息区、实验室和设备舱。实验室配备了各种先进的科研设备，主要用于接收和记录古生物基因信息。为防止可能发生的动物侵袭，“飞梭号”配备干扰信号发射器、激光武器和定向燃烧装置。

队员们各自坐好，扣好安全带后，云翔宇设置了穿越时间——8 亿年前，向指挥中心竖起左手拇指，表示准备好了。指挥员核对穿越时间无误，开始倒计时：10，9，8，7，6，5，4，3，2，1，能量堆启动，能量加载，时空场扭曲，时光隧道打开，嗖的一下——，时光机瞬间消失在人们的视野中，好像被宇宙黑洞吸走了一样，无影无踪。

元古代的地球，绝大部分是被海水覆盖着的，只是海水比较清，特别是在靠近大陆的浅海，清澈见底。大陆还只是岩石层，没有土壤，没有植被，没有动物。大陆上常能见到火山，火山口不都是圆形的，很多是不规则的，甚至有的就是大裂缝，火苗就从岩石缝隙中蹿出来。大陆的边缘，海水拍打着岩岸，远处还有红色、黄色的岩浆汩汩冒出。岩浆周边的海水，不时因遭遇炙热的岩浆，蒸腾为白色的水汽，而岩浆也瞬间冷却，凝固为黑色的固体岩石。

嗖！飞梭号打开了元古代的时光隧道，到达了元古代地球的上空。云翔宇说："极光，进入手动操作模式，降低速度至1000迈，准备降落，目标哥伦比亚大陆。"

元古代的地球

“是！”艾极光打开手动操作按钮，调整减速器，将速度降至 1000 迈，并开始降低飞行高度。

“哇，好奇妙呀，这还是我们生活的地球吗？”

“快看，海水那么清？”

“队长，看，下面陆地有个圆形坑！”洪海波叫道。

“是弗里德堡陨石坑。”林悠然插嘴道。

“是南非的弗里德堡陨石坑吗？”洪海波问。

“是的，海波！现在地球大陆都是连在一起的，很多大陆还没有形成，所以这里没有南非。”云翔宇说。

“哇，太神奇了！”洪海波惊呼。

飞梭号沿着海岸线飞行，避开了几处火山口，又飞行了约 20 分钟，云翔宇发现一片开阔的海岸，马上发出指令：“现在的地球，空气稀薄，氧气不足，大家戴上氧气面罩。准备降落！”

陨石坑

“是。”艾极光将高度降至1000米，选择好降落地点，立刻按下降落按钮。飞梭号停止了飞行，垂直下降到陆地上。

舱门打开，云翔宇第一个踏上了元古代大陆——8亿前的地球大陆，随后是林悠然、金健一、洪海波，他们背上了自己的装备，满怀激动地走下飞梭号，跟着云翔宇队长，走向海洋。最后是艾极光，他将飞梭号调到待命状态，整理好自己的装备，奔向队伍。

“队长，看来大陆是没有要寻找的古生物了，我们只能去海洋里了。”洪海波说。

“完全正确。所以，穿越行动小分队，调整穿越服为潜水模式，准备下水。”云翔宇说。

所有队员齐声喊道:“是!”大家立刻将服装调整为潜水模式。林悠然将自己的专有设备——基因测序仪，也套上了防水罩。

云翔宇选择了一块平滑的斜坡海岸，带领大家下水。走到海水齐腰深时，云翔宇向队伍一挥手，一个猛子扎了下去，开始潜水，大家依次跟着云翔宇朝深处潜过去。

待到手表上显示潜水深度达到20米时，云翔宇打开了手表的生命探测功能。由于这种功能主要用于探测动物，所以在这里基本没有什么用途。云翔宇认为如果有软体动物，那么在深海发现它们的可能性更大，所以他带领队伍继续下潜。

一路上，基因测序员林悠然可没有闲着。她利用自己的头戴式海水成分探测仪，发现了多种细菌和微生物，通过自动比对仪器内储存的数据，还发现了几种浮游藻类，只不过目前发现的只有零星的几个，所以肉眼根本看不见。林悠然用基因测序仪一一将这些藻类记录下来，心里想：这一次穿越，如果找不到软体动物，这些藻类也是收获。

前进了 5 海里，下潜深度达到 1 千米，一无所获，云翔宇正在思考是否改变前进方向。突然，他发现前方海水涌上来大量气泡，气泡越来越多、越来越大，海水越来越浑浊，还出现许多石块，即使在 1 千米以下，海水也竟然开始了翻滚。云翔宇吃了一惊，顿时明白：海底火山爆发了。他立刻用对讲手表给大家发信号：火山爆发，快撤退！

大伙也明白发生了什么，收到信号，马上掉头，纷纷加快游泳速度。穿越服在千米深水的速度能达到 100 迈，超过了海豚游泳速度的 2 倍。

可是，火山爆发来得太快了。伴随着“轰”的一声巨响，最大的一次喷发来了，数不清的大小石块被冲出，几块汽车一样大的石块也翻滚着冲到了水面，岩浆形成的巨大的火柱子飞出海平面数十米，海平面顿时成了以火柱子为中心的圆锥形，流出的岩浆使海水大量蒸发成水汽，笼罩了整个海域。火山喷发造成巨大海啸，高达百米的巨浪，翻滚着涌向海岸……

火山喷发

虽然不顾一切地逃离火山口，但是云翔宇还是被汹涌的海水追上了。在浑浊的海水里，云翔宇已经无法辨识方向。他的身体不由自主地开始随着海浪打转。尽管有穿越服的头盔的保护，可他仍然被折腾得眩晕了过去，眼前发黑。其他队友也是如此，随着海水的旋涡翻滚，无法脱身。

不知道过了多久，云翔宇醒来，习惯性地想揉揉眼睛，却摸到了头盔玻璃，翻身起来一看，发现自己在海岸上。云翔宇立即起来，寻找其他队友，随即在不远处发现了还没醒来的金健一。云翔宇拍拍金健一的头盔，又摇了几下，金健一才苏醒过来。云翔宇问金健一有没有受伤，金健一说："没事，就是还没有睡醒。刚才在做梦'吃鸡'，被你叫醒了。"

两人又在附近找到了艾极光和洪海波，好在有穿越服的防护，大家都没有受伤。可是，队伍里少了林悠然，通话手表也联系不上她。

“林悠然，林悠然，收到请回答！”

“林悠然，林悠然，收到请回答！”

“林悠然，林悠然，收到请回答！”

……

没有信号，无人回答。

“林悠然，不会是被火山吞没了吧？”洪海波开始抽泣。

云翔宇打断了洪海波说：“不会，海浪会把我们推向大致的一个方向。我们都在这里，林悠然绝不会被火山吞没。我们的穿越服有很好的防护功能，她应该也没有受重伤。”

“那就是手表坏了？”金健一说。

“可能是手表坏了，要么就是在10千米之外，接收不到信号。”云翔宇说。

云翔宇：“大家分头去找，艾极光跟我沿海岸线向南，洪海波与金健一，你们俩向北，无论谁发现林悠然，立刻通知大家。太阳还有一个小时落山，天黑后气温会快速下降。所以，无论是否找到，一个小时之后，都要回到飞梭号会合，飞梭号可以带我们进行更大范围的搜索。要牢记：我们两组不能中断联络，一旦发现没有信号，立刻折返。”

“是，队长。”

两队分头行动，一边寻找，一边用通话手表尝试联系林悠然。

“林悠然，林悠然，收到请回答！”

“林悠然，林悠然，收到请回答！”

……

仍然没有信号，无人回复。

洪海波与金健一向北搜寻了大概1千米，一无所获，联系了云队长那组，结果也是一样。洪海波的心情开始变得焦虑，说：“林悠然，林悠然，你在哪里呢？我们还相约这次回去一起太空旅行呢。”

“相信林悠然，一定没事的。这个时候，没有霸王龙，没有鳄鱼，连个蚂蚁都没有。”金健一道。

“会不会有食人乌贼呢？”洪海波问。

“你是说大王乌贼？”

“对，就那种触须能长到20米的那种乌贼，能把人缠住，送到嘴里，它的吸盘吸力巨大，能在吃掉它的抹香鲸嘴边留下永久疤痕。”

食人乌贼与抹香鲸

“别瞎想了，林悠然一定没事的。”这个问题金健一自己心里也没有底，“这个时代，会不会有那么巨大的软体动物呢？”

“可是，她会不会被卷到海底了？”洪海波又问。

“没有可能，我们的穿越服有自动测压功能，到达一定压强极限，它会启动自动上浮功能的。走吧，继续搜索。”金健一催促道。

见金健一已无意回答，虽然心里还犯嘀咕，洪海波只好继续前进，心里默念：没有大王乌贼，没有大王乌贼……

又向北走了约1千米，还是没有发现林悠然的踪迹。这里的海岸坡度很大，两人走得非常艰难，身上携带的淡水已经喝完。走到一处相对平缓的岸边，洪海波停下了，双手按住膝盖，大口喘着气，问：“还有水吗？金健一。”

金健一说：“没有了，我们歇一会吧，再搞一些水喝。”一边说，一边取下水壶，打了一壶海水，将海水淡化器的吸管插到水壶内，另一头的吸管插到头盔下部的接口处，打开淡化器，水通过头盔内部的管子输入到口中，就可以直接饮用了。最后，将水壶里剩余的不能喝的水倒掉。洪海波用同样的办法喝了个够。再次出发前，两人又各自净化了一壶水随身携带，以便及时补水。

云翔宇和艾极光这边情况也类似，时间越久，二人越因为找不到林悠然的踪迹而焦急。更加严重的是，火山灰形成的烟柱直冲云霄，他们越向南走，离火山口越近，即使穿着隔热的穿越服，也越来越不舒服。海啸退去后，海岸上留下了许多藻类的残体，或许也有几条软体动物。这些都没有引起云翔宇和艾极光的注意，现在他们只在乎林悠然的安危。在他们第二次停下休整的时候，云翔宇发现太阳快要落山，于是拿定了主意："极光，离我们约定的时间还有30分钟，现在你回去，驾驶飞梭号，与金健一他们会合，准备大范围搜索。"

"队长，按原计划，你应该和我们一起呀。"艾极光有些担忧。

"没事，虽然太阳快落山了，但是我向南走，离火山口越来越近，气温并不会降低太多。而且我坚持认为林悠然不会被冲跑到太远的地方。我们就在前方1千米的地方会合。行动吧！"云翔宇命令道。

"是。"艾极光喝了口水，转身原路返回，并开始召唤飞梭号。

云翔宇则迎着愈加昏暗的南方，继续前行，并不断尝试呼叫林悠然。火山喷发的岩浆已经在远方的海面上形成了一座山，或者说一座岛，持续外溢的岩浆在不断地扩大这座岛的边界。烟气、水汽遮天蔽日，让人分不清海、山和天的界线。

"林悠然，林悠然，收到请回答！"

“林悠然，林悠然，收到请回答！”

尽管有一些着急，但云翔宇没有放弃，他相信自己，相信自己的队友。

嗤，嗤……，手表有了一丝信号。

“队……长……队长，我……是……林悠然，我是林悠然！”信号逐渐变得清晰，说明他们的距离已经越来越近。

云翔宇立刻打起了精神，激动地问：“林悠然，林悠然，我是云翔宇，你在哪里？”

“我在海底，我在海底，离岸约2千米。”林悠然说。

“好的，你有没有受伤？能否正常前进？”云翔宇问道。

“一切正常，一切正常。”林悠然回答。

“立刻向岸边前进，我们在岸边会合。”云翔宇命令。

“队长，好消息，我有惊喜给你。”

云翔宇打断了林悠然：“别说了，快回来，见面说，我现在只要看到无恙的你。”

“是。”林悠然应道，立刻向队长的方向游去，带着满满的新发现。

云翔宇待在原地，立刻向飞梭号上的三个队友发信号：“艾极光，艾极光，林悠然已找到，林悠然已找到，你们三个立刻向我处进发，来我这里会合。”

“噢！”那边传来了三个队友的欢呼声。

“是，队长，我们马上就到。”艾极光应道。

飞梭毕竟是飞梭，转眼就飞到了云翔宇身边，降落在一块巨石上面。三个队友奔下飞梭，跑向队长，纷纷问：“队长，队长，林悠然呢？林悠然呢？”

“她在海里呢，还有500米就到。”云翔宇回答。

话音未落，眼神最好的艾极光已经发现了林悠然的身影，指向南方，惊呼道：“看，她来了，在那边。”

大家向南方齐看，影影绰绰的，白色的穿越服已在海水里若隐若现。没等云翔宇发话，大家都向那白色奔去，洪海波跑在最前面，一边跑，一边喊：“林悠然，林悠然，这里，我们在这里。”

洪海波跑到海里，一把拉住了林悠然，其他队员也赶了过来。五个人相拥在浅海里，没有人在乎那脏兮兮的海水。

“受伤了吗？”

“你跑到哪里了？”

“我还以为你被大王乌贼吞了呢！”

林悠然笑着说：“火山都没有吞了我！再说，这个时代，哪有大王乌贼啊？”然后转头向云翔宇说：“队长，我有大发现。”

“什么发现，快说，快说。”金健一急着问。

“我醒来后，发现躺在海岸上，没有受伤，并且发现身边有软体动物残体，于是我立刻对其进行了基因测序，可惜已经被烧死碳化了，我相信还有其他活体动物，所以就进到海水中寻找，一路上，发现了形形色色的藻类，有蓝藻、红藻、褐藻等等，它们在海底，有许多奇特的形态：有柱形、树形、卷心菜形……我把它们收录到了数据库里，并给它们命了名，比如假环球形藻、船形疣面橄榄藻、具膜多面球藻、多面球藻、美丽同心藻、疣面

蓝藻

同心藻、泡状光球藻、粒面带藻、粗面膜片藻……多亏了这次火山爆发，把许多远海、深海的物种，一股脑儿送到了我的面前，我可不愿意错过这次机会，一个一个地记录了下来，结果越游越远，越潜越深，直到你们来找我，我才想起来，忘了应该先联系你们了，非常抱歉，让大家担心了。”

“你这个科学怪人，一头扎进去，可让我们好一顿找啊。”金健一责怪道。

“对不起，对不起大家，可是，可是我还有重大发现。”

“什么发现？”大伙好奇地问道。

“我找到了几种动物。”林悠然说。

“什么动物？快说，快说。”洪海波急着问道。

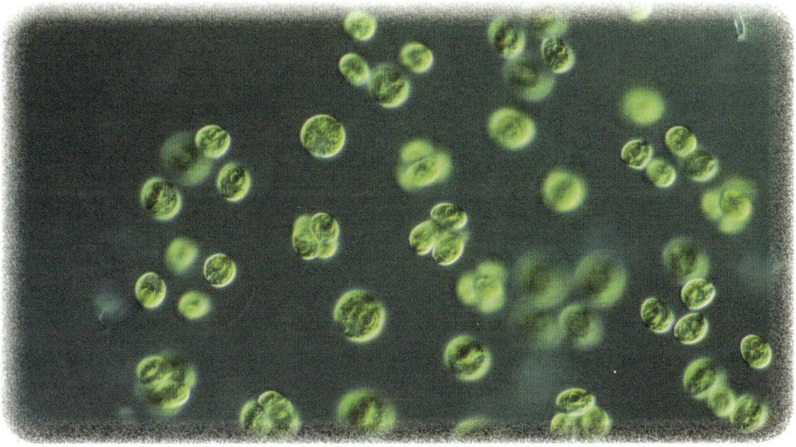

小球藻

海百合

一种海生虫

“有海绵、海百合、虫牙、高肌虫、锥几丁虫、千几丁虫、链锥几丁虫……我全部记录下来了。”林悠然一边说，一边向大家展示自己录制的影像资料，因为这些大都是用肉眼无法看见的。

“干得漂亮，林悠然。”云翔宇称赞道。

“太棒了。”

“太棒了。”

大家开始欢呼。

飞梭号开始在时空中跃进。

第二集　寒武纪之达尔文的迷惑

秘密实验室。

“博士，元古代的火山太恐怖了。我都以为再也见不到林悠然了。”洪海波说。

“是啊！那时的地球是极不稳定的，各种地质灾害频发，比现在强度要大得多。所以，我们的日常训练太重要了，大家的逃生技能、装备使用一定要熟练掌握哦！”

“是，博士！”大家齐声道。

“博士，我们这次的任务是什么？”云翔宇问道。

博士清了清嗓子，故作深沉地微笑着说：“这次，你们将去往5亿年前的寒武纪。寒武纪是一个生物大爆发的时代，相信你们这次将大有收获。”

“哇！有鳄鱼吗？有恐龙吗？有熊猫吗？有袋鼠吗？”洪海波连连问道。

“切！”旁边的金健一笑道。“拜托，这一周的培训，你学习了吗？怎么可能呢？”对于洪海波这种“无厘头”问题，金健一简直有些生气。

“学了呀，游泳、潜水、地震逃生……还学习了达尔文。”洪海波不服气地说。

“达尔文说什么了？”金健一问。

“达尔文？达尔文……达尔文很迷惑！”洪海波支支吾吾地说。

“哈哈哈……”洪海波的回答引起一片笑声。

“好了，我们该出发了，到底达尔文迷惑什么，我们一起去看看就知道了。”云翔宇看看手表，时间差不多了。

大家立刻整理装备，登上飞梭号。

达尔文

一切就绪，大家齐声喊道：“穿越时空，拯救地球！”

嗖——

距今5亿年前的地球。清晨时分，海岛上一片宁静，阳光洒落在海面上，波光粼粼，是一幅和谐的画面。

飞梭号掠过海岛上方，打破了这片宁静。

“哇喔——寒武纪，我们来了——”洪海波首先发出叫声，其他小伙伴也纷纷激动地跟着叫起来。

“前方500千米处就是超大陆冈瓦纳，我们就在那里降落！”云翔宇对艾极光说。

“好的，队长。”边回答，艾极光边操控时光机下降，同时放慢了速度。前方，大陆的轮廓已渐渐清晰。不一会儿，飞梭号就缓缓降落在了寒武纪冈瓦纳大陆上——距今5亿年前的大陆，没人知道它是今天的加拿大，还是中国，是南极洲，还是太平洋或大西洋底的某个地方。

“出发吧，伙计们！”云翔宇命令道。

“Yes sir!”金健一的声音总是最大最特别。

大家整理好装备，云翔宇第一个下了飞梭号，踏上了冈瓦纳大陆。艾极光总是最后一个，他需要设置好飞梭号的停止状态，以便随时能够召唤。

“队长，根据地质资料分析，我们还得到海洋里。”林悠然说。

“对，整理装备，向海洋出发！”云翔宇发出指令。

“是！”队员们立刻向海洋前进。

大约十分钟，大家就到了海滨。突然，跑在前面的林悠然停了下来，向着云翔宇大喊：“队长，这里有发现。”

“什么，什么？”云翔宇还没有答应，洪海波就抢到前面，着急地问。

大家都赶到了那块潮湿的石头上。林悠然指着石头的侧面，问：“看，这是什么？”大家发现，石头上面长了一些绿色的毛毛，一簇簇，但并不完整，可能是被海水冲刷的缘故。

云翔宇说：“这是苔藓”，一边又指着十几米处的地方，“那边还有地衣。这些低等植物没有根茎，一般生长在近海湿地”。

“完全正确，队长！海滨都有这些，海里一定有大家伙。”林悠然说，透出期待的眼神。

“那，到底什么是达尔文的迷惑呢？”洪海波问。

林悠然解释道：“这个，达尔文在《物种起源》中说寒武纪出现了……”

金健一拍了一下林悠然，笑道：“别说，就不告诉他。”

洪海波正要发作。云翔宇却笑着说："好了，时间有限，大家把穿越服调为潜水模式，开始行动。洪海波，好好工作！一会儿你就知道了。"

"是！"其他队员们立刻行动，洪海波也不例外，悻悻地最后一个潜入水中。

哇，潜行在海洋里，大家简直为神奇的寒武纪海洋世界震惊。浅海里阳光可以照射到海底，使大家能够清楚地看到五颜六色的生物。有在中间飘来飘去的大大小小的水母，有上下游来游去的小鱼；有在珊瑚丛中、藻类植物群里，爬来爬去、钻进钻出的海螺、虫子……这些神奇的动物，大大不同于人类生

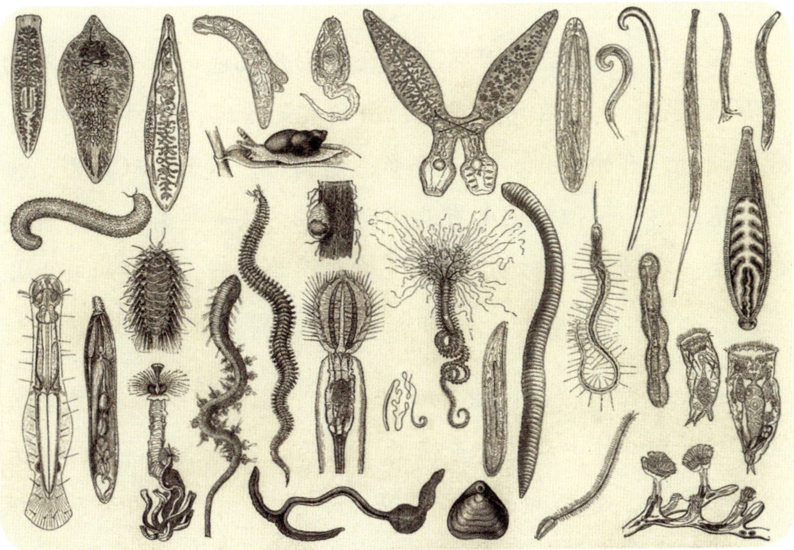

寒武纪虫类

活的时代。特别是奇形怪状的虫子，有的像杯子，有的像锥子，有的像象牙，有的像叶子，有的像星星，有的像扫帚；还有各种贝类、螺类，有很小的鹦鹉螺，有软舌螺，有囊形贝；也有一些特别的鱼类，其中有的像鳗鱼。

林悠然漫游在这片神奇的海洋里，一刻都没有能够抑制住她激动的心情。寒武纪真是一个生物大爆发的时期呀！多亏了基因测序仪，为她记录了大量动物资料，节肢动物、海绵动物、曳鳃动物、叶足类动物、栉水母动物、腕足动物、脊索动物、软舌螺动物、刺细胞动物、古虫动物、开腔骨动物、环节动物、步带类动物、半索动物、毛颚类动物、星虫动物、古囊动物、帚虫动物、软体动物、内肛动物……各种动物让人目不暇接，林悠然想，没准人类的祖先就在这些动物中间呢！

在这片海洋中，随处可见的还有形形色色的三叶虫，有的在海底爬行，有的在水里游着；有的大如蛤蟆，有的小如蚂蚁；有的细长，有的粗短；有三角形、椭圆形、圆形、双环形、梭形、跑道形……但它们也有共同的特征，头部戴着头盔一样的壳，生一对触角，一对小眼睛，胸部横向分节，最多的有十几节，背上长有甲壳，甲壳纵向分为三片，因此叫三叶虫。

还有一种叫“微网虫”的小虫子，引起了大家的特别关注。大家都游过去看这个奇怪的小东西。它一个长得小拇指大小的毛毛虫，背部却长了许多尖刺，头部细长，两个触角短粗，眼睛像芝麻粒一样小，身体分成多节，每节生一对足，共

寒武纪海洋生物

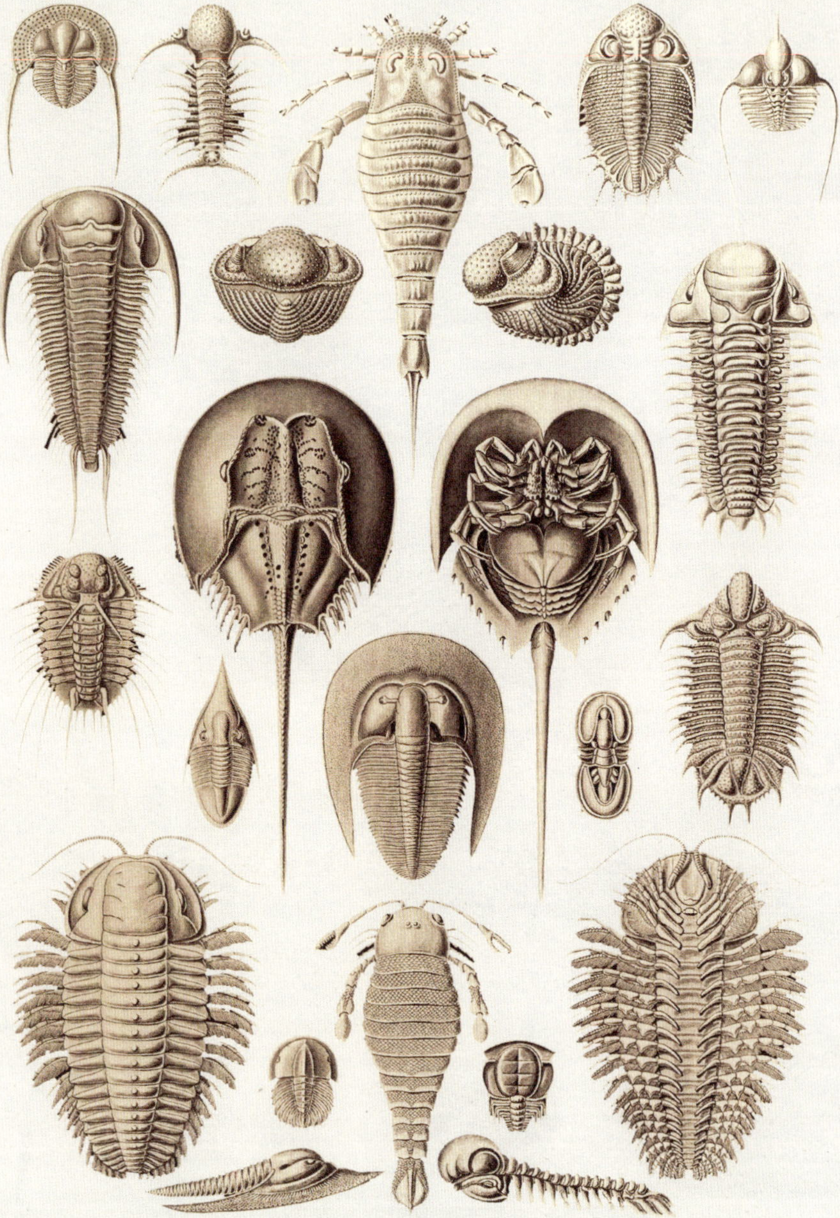

多样的三叶虫（历史艺术品，1899 年）

有 9 对足，足底非常宽大，像一对叶子，“叶片”宽度已超出身体。这种虫子就靠叶子一样的脚爬行，身体一节一节地向前蠕动。

“大家快看，前面那是什么东西？”艾极光发现前方游过来一个大家伙，比鳗鱼要大得多。

队友们听到艾极光的呼叫，都往前方看，发现一条约 2 米长的大虾正在游过来。这种虾有些像特大号的皮皮虾，却没有腿，全靠身体两侧的十几对桨片一样的叶片足游动，两只大钳子一样的螯足跟成人的胳膊一样长，内侧还各生有两排倒刺，两只眼睛像乒乓球一样大小，突出在身体外面，泛着绿光。

“是奇虾！大家快离开这里。”云翔宇说。

奇虾捕猎三叶虫

“好大的虾！”金健一惊呼道。

“奇虾呀，哦，我知道！这可是个难缠的家伙，寒武纪的海洋霸主。我可不想被它的螯刺给扎了。”洪海波说。

“快走吧，别废话了。”金健一向洪海波挥手示意。

在离开前，林悠然还不忘拿测序仪对准远处的奇虾拍了一段视频，发现奇虾在进食：妈呀，它什么都吃，三叶虫的硬壳都被它咬碎了，它的嘴有海碗那么大，游泳速度又特别快，一条鳗鱼样的动物躲闪了几个回合，还是被它的螯扎死，塞进了嘴里。

“林悠然，撤退！”云翔宇发现林悠然还在拍摄，第二次发出指令。

“是，队长。这个家伙游得可真快，我觉得它能打败金枪鱼。”

“打开加速装置，不然它会追上我们的。”云翔宇说。

“好的，我们跟奇虾来一个比赛。”洪海波将穿越服的速度调至30迈，这相当于一般海豚的速度。

“注意，奇虾向我们游过来了，大家尽快去岸上会合。”云翔宇也调整了穿越服的速度。

“是！”

转眼间，奇虾已游到了队伍最后的林悠然身后，两排叶片足像龙舟的桨一样，上下有节律地摆动，两只大螯也一伸一缩，扫荡着前方的猎物。林悠然发现快被追上了，有些紧张，立刻停止了拍摄。毕竟穿越服也不一定能够抵挡住那两只大钳子。她马上把速度提高到了 40 迈。可能是奇虾发现要逃走的林悠然，也开始加速。

好几次，奇虾的大螯都险些要刺到林悠然的脚尖，惊得林悠然一身冷汗。前方的云翔宇发现不妙，马上减速，跟林悠然说："你先走，我来对付它！"

"小心，队长。这家伙游得可真快！"林悠然说。

"放心吧，看我的！"云翔宇挡在了林悠然和奇虾中间，确定吸引了奇虾的注意力之后，开始向斜上方游去，奇虾紧追不舍，两只螯不断地挥舞着，像两把大镰刀。不一会儿，云翔宇冲出了水面，马上开启了游泳模式，像一艘冲锋舟一样冲向海滩。奇虾到了水面，它的速度优势就没了，很快便落在了后面，不过依然紧追不舍。

这时，林悠然等四人已进入浅海，到达了浅水区，随后云翔宇也到了。奇虾不会爬行，不敢进入浅水区，只好在深浅交接区，悻悻然起来，摇动了会儿大"镰刀"，看不能有所收获了，便游回深海去了。

大家一起走向岸边，林悠然跟到云翔宇身边，说："谢谢队长，这家伙真厉害，游泳速度快赶上海豚了。”

“不客气。还好它只能在深水里耍威风，不然还真难对付。”云翔宇道。

“这是皮皮虾、小龙虾的祖先吗？太彪悍了！”洪海波问道。

“还真不是。奇虾在地球存活了约1亿年，于4.4亿年前灭绝了。”林悠然说。

“我记得博士说过，皮皮虾与蝼蛄、蟋蟀是同一祖先。”艾极光插话。

“对，包括小龙虾，它们都是节肢动物的后代。”林悠然说。

“说得我都饿了。”金健一说。

“哈哈哈。”

“可是，谁能告诉我，什么是达尔文的困惑呢？”洪海波说。

金健一正要接话。突然，大地发出了震耳欲聋的轰鸣声，地面开始剧烈地摇晃，海水先是被震起大大小小的浪花，接着远处就有巨浪涌过来，扑向岸边。

“是地震，快离开这里，海水马上会上来，上飞梭！”云翔宇喊道。

“是！”大家都飞快地跑向飞梭。大地又猛烈地摇晃了两次，第二次甚至把洪海波和林悠然都晃倒了，队友马上把他们扶起来，继续向前跑。可是，陆续又有人摔倒。还不断有石头从山坡上滚落下来，冲上山坡去找飞梭已无可能。

“艾极光，快召唤飞梭。”云翔宇说。

“是，队长。”艾极光应道，并立刻启动召唤按钮。

飞梭刚启动。就见一阵轰隆隆的巨响，大地被震裂，一条几百米长的裂缝把整个山体劈成了两半，无数石块掉落到裂缝里。队员们冒着石头雨，艰难地登上了飞梭，几个石块还是砸在了飞梭的起落架上，还好没有大碍。

飞梭号紧急起飞，小分队终于脱离了危险，大家看着被地震破坏得千疮百孔的大地，都心有余悸。返程途中，艾极光发现飞梭飞过的小岛已经不见了：“队长，你们看，那个小岛已经沉没了。”

“啊，对对，来的时候我还看见过呢！”金健一说。

“这里距离地震的震中很近，岛屿可能被海水淹没了。”云翔宇说。

“这真是沧海桑田呀！”

“呀！还好没有降落在这个岛上，不然我们就都回不

阿基米德的浴缸

去了！”

“哈哈哈……”

“话说，达尔文的困惑，谁能告诉我答案呢？这个问题我都问了三次了。”洪海波喃喃道。

“第二次还招来了大地震！”艾极光说。

“哈哈哈，洪海波你是有特异功能呢，还是灾星下凡呢？”金健一打趣道。

大家哄堂大笑，刚才那惊悸的心，稍微放松了一些。

金健一收住了笑，说："还是我来说吧！达尔文在《物种起源》中提到了寒武纪生物大爆发，并特别困惑，因为按照他的进化论，生物进化应该有连续性，寒武纪的动物一定源自前寒武纪的动物，是它们经过长时间的进化产生的，他很难想象

伽利略在斜塔上做球体试验

为什么会在短时间内凭空蹦出来那么多种类的生物，他甚至认为这一事实，会被别人用来反对他的进化论，毕竟这可是特别难以解释的问题。他认为，前寒武纪地层中动物化石证据的缺乏，是由于地质记录的不完全或是由于老地层淹没在海洋中的缘故。”

“哦……这样啊，这答案我自己上网也能查到啊！搞得神神秘秘的。”洪海波有点儿不屑地说。

“你这个洪海波呀，自己不好好听博士讲课，这会儿还不服气。”金健一笑道。

瓦特的茶壶

原图为《第一次实验》，由马库斯·斯通绘制（约 1870 年），1876 年出版

薛定谔的猫

“哼！就是不服。我知道的多着呢。你知道牛顿的苹果吗？因为苹果他才发现了万有引力，成为大牛人。”

“是是是，哈哈哈！”大家一致应声道，为他这可爱的逻辑而发笑。

“按你这么说，那我问你，要是一颗李子砸中了牛顿，是不是就是因为李子，所以牛顿才会发现万有引力定律呢？要是桃子砸中了牛顿呢？要是榴梿砸中了牛顿呢？”金健一笑着问。

“什么李子、桃子、榴梿的？书上不已经说了是苹果、苹果了吗，要是榴梿砸中牛顿，那就完了，就没有万有引力定律了。”洪海波开始狡辩起来。

“海波呀，下回好好听课吧，再多读点书，这次聊的是牛顿的苹果，你还能忽悠几句，下次我们要是聊阿基米德的浴缸、伽利略的斜塔、瓦特的茶壶，还有薛定谔的猫，你该怎么办？”金健一笑道。

“这些都是什么呀？好你个金健一，故意为难我！”洪海波叫道。

“哈哈哈……”

在大家的一片欢笑声中，飞梭号开始了新的时空穿越。

请看下集！

第三集　奥陶纪之寻踪鹦鹉螺

4.4 亿年前的奥陶纪，地球上到处是厚厚的冰雪，海洋上的冰层厚达几十到上百米。在清晨的寒光中，一座被冰雪覆盖的山脉像是一位寂静而冷峻的守护者，屹立在无尽的冰冻荒原上。山峰之上的云层在初升的太阳照耀下，发出柔和而冷淡的光辉。到处是一幅幅清冷而神秘的图景。

“大家看下面，太美了，遍地都是白茫茫的一片。”艾极光说。

冰雪覆盖的地球

“这个地球应该叫雪球、冰球。”林悠然说。

“好想下去堆雪人、打雪仗呀。”洪海波喃喃地说。

“队长，这冰天雪地的，能有动物吗？”金健一问道。

“我们还得去海洋里找。”云翔宇答道，“极光，前方那一条深色条带，应该是海洋与陆地交汇地带，准备降落。”

“是，队长。”艾极光看到前方有一处平地，降低了飞梭的高度和速度。队员们开始准备装备。

五分钟后，飞梭稳稳地降落到了一处平缓的陆地冰面上。队员们熟练地整理好衣服和设备，依次跟在云翔宇身后，登上了奥陶纪大陆。

“哇，我们这是到了南极大陆了吗？”洪海波感慨道。

“哈哈，快！我们去找企鹅一起玩吧！”金健一打趣道。

“切，怎么可能有企鹅？你把我当三岁小孩吗？我告诉你，这一段时间，我可是真努力了，什么阿基米德的浴缸、伽利略的斜塔、瓦特的茶壶，我都知道。”洪海波边走边得意地说：“只是薛定谔的猫嘛，还是不明白。”

“哦？进步很大嘛，刮目相看哟！”金健一说。

“到了，我们散开，沿着海岸线分头找，看有没有什么线索，或者可以下海的地方。”云翔宇说。

企鹅

“是。”队员们答道。

“这都是厚厚的冰层，我看很难有发现。”洪海波说。

“走吧，不去找找，怎么就说没有发现呢？”林悠然拉了一下洪海波，说道。

于是，队员们都沿着海岸线开始寻找。

不知道过了多久。突然，从远处山体的深处，传来如同千万头巨兽的咆哮声，轰——，轰——，这声音震撼人心。

“队长，又是地震吗？”林悠然问。

“不，不像。”洪海波抢话道。

“不是地震，这么大的声音。如果是地震的话，不会只传来了声音，没有震感。”云翔宇一边说，一边拿出望远镜，朝声音传来的地方看去。林悠然也用自己的望远镜观察。

只见，远方山上，雪花在阳光下闪烁着银白色的光芒，开始纷纷扬扬地下落，仿佛是一场无声的、宁静的舞蹈。雪花在风的作用下，开始变得狂暴，如同瀑布般疾驰而下。雪流逐渐变得厚重且强烈，如同一条被唤醒的巨龙，从山坡呼啸而下。巨大的雪块从山体上崩落，带着令人震颤的力量，冲破了平静的早晨。

“是雪崩！”云翔宇大声说。

“不过看方向，没有朝我们这边来，朝南方去了。”林悠然说。

“啊！飞梭。”艾极光惊叫道。

“快召唤飞梭。”云翔宇说。艾极光马上开启召唤模式。

然而，刚才只是大雪崩的前奏，是自然力量即将爆发的预兆。雪崩的气势如同狂暴的旋风，席卷着一切。白色的雪浪翻滚着，冲击着山下的一切，瞬间将整个区域覆盖在厚厚的白雪之下。无论陆地、海洋，在一瞬间都被白雪覆盖，化作了冰封的遗迹。

雪崩

雪崩并不仅仅在山下造成破坏。它如同一只巨大的白色怪兽，在山谷之间游荡，所到之处，万物皆被其吞噬。整个山脉都被这场雪崩所改变，变得几乎无法辨认。

林悠然显然低估了这场雪崩的波及范围，眼看没有边际的雪浪向队员们涌来。云翔宇立刻命令，“所有人，向海洋方向跑，开启滑雪模式。”

“是！”队员们马上给鞋子装上冰刀，开启滑雪模式。

洪海波划了几米，然后做了个急停，扭头说：“喔呜，看我的吧，滑雪、溜冰可是我的拿手好戏。”

“嘿，哥们，还是逃命要紧，这不是游戏。”金健一滑到洪海波身边，挥挥手说。

不知道滑了多久，小分队发现雪崩已经停止，不会再追来了，云翔宇降低速度，发出指令：“大家停下，休息一下吧。”

队员们都停下来，回头看那壮丽的雪山，有如一条巨大的静止的瀑布。雪崩的冲击力大得惊人，雪花在空中翻飞，遮蔽了整个天空。本就不清晰的海岸线已被彻底埋没。此时的山脉显得格外宁静，然而这种宁静却带着一种冷酷。虽然冰雪没有追上队员们，但是它让队员们看到自然的威力和无常的变化，也让他们更加深刻地理解了在自然面前，人类的渺小。

此时云翔宇和队友最大的担忧是，不知道飞梭是否收到了指令，不知道它是否安全。

“艾极光，给飞梭发送召唤信号。”云翔宇说。

“是，队长。”艾极光应声道，艾极光点了点手表的发送信号按钮，却看到屏幕显示红色，“队长，没有信号，应该是距离太远的缘故。”

云翔宇沉思了一下，说：“我们得去寻找飞梭。”

回去的路要难走得多，雪崩形成了大大小小无数个小型雪堆，大的如丘、小的如球，沟壑遍布。在冰天雪地中徒步前进，对任何人来说都是一种严峻的考验。而他们还要面对低温、暴风雪以及再次雪崩的风险。不过，他们都明白，只有坚持下去，找到飞梭，才能生存。于是，他们整理了队伍中的所有资源，开始了艰难的徒步之旅。

洪海波拿着类似手杖的探测器，走在第一个，探测到可能危险的地方，就会告诉大家：“这里要小心！”

云翔宇第二个，身后是不断召唤飞梭的艾极光。

林悠然与金健一走在最后。突然，金健一一脚踩空，右脚陷入了雪地里，正要拔出右脚，发现雪地出现了裂缝，瞬间两只脚都已经在裂缝里了，再想抬脚，已无可能。雪地坍塌了！林悠然看见金健一陷入裂缝里，迅速赶了过来，一把拉住了金健一。可是，整片雪地沿着裂缝开始垮塌，金健一的身体已完全悬挂在一个陡坡之上，并且逐渐开始下滑。云翔宇、洪海波和艾极光都赶过来帮忙。云翔宇抓住了金健一的另一只手，其他人也想来救人，可是忽略了雪坡的承重能力，他们脚下的雪地正在开裂。这被洪海波发现了，他叫道：

“队长，不好，这里也要塌了。”

话音未落。雪地里发出“咔、咔”的响声，立刻，整个雪坡坍塌了。金健一、林悠然、云翔宇一起滑了下去……洪海波在最后一刻，试着去拉队长一把，结果也掉了下去。

“队长——，金健一——，林悠然——，洪海波——”，艾极光喊道。他紧紧地趴在了未崩塌的雪坡边缘，眼睁睁地看着自己的队友滑入了那深不可测的雪谷里，一点儿忙都帮不上。

艾极光喊了很久，但可能是山风的呼啸，阻隔了声音，始终不见队友们的回应。

“这可怎么办？”艾极光心里害怕起来。一想到队友们可能遭遇了不测，顿时伤心惊慌了起来。“不行，不能放弃，我得救大家。我一定能救大家！”正在他手足无措的时候，手表里传来队长的声音：

“艾极光——，艾极光——，收到请回答。”

“队长，队长，我是艾极光。”艾极光赶紧回复，并在心里责怪自己，“艾极光呀，艾极光，怎么一遇危险就着急忙慌了呢？竟然忘了，手表通信这样的高科技保障设备了。”“队长，队长，我刚刚吓死了，都忘了用手表联系你们了，大家没事吧？”

“我们四个在一起，金健一脚踝轻微扭伤，不过问题不大。你在哪里？是否安全？”云翔宇问。

“我在坡顶，安全，队长。我马上找路下去找你们。”艾极光说。

“不。艾极光，你继续向前，召唤飞梭。奥陶纪的一天只有21个小时，现在离太阳落山还有1个多小时，如果天黑之前我们找不到飞梭，就有可能冻死在这极寒天气里。”云翔宇说。

“明白，队长。我去召唤飞梭，你们小心，等着我。”艾极光坚定地说。

“收到，艾极光。你尤其要小心，我们四个等着你。”云翔宇用低沉的声音说。

“小心，靠你了，哥们！”金健一说。

“小心！注意安全！”

“等你！”

虽然看不见艾极光离去的背影，但是云翔宇和队友们还是有种复杂的情绪：既期待又担忧。大家都在心底默默地为艾极光加油、祝福。但是云翔宇看得出来，队伍现在士气有些低落，四个人被困在这条沟里，四下都是白茫茫一片，不知道哪边是路，其实根本没有路。金健一受了伤，艾极光不知道能否在天黑前召唤到飞梭。云翔宇扫视了大家一圈，朗声道：“来来来，我考大家一个问题，上周培训，冰雪天气被困野外，我们的急救口诀是什么？”

“哈哈，队长，这你难不住我。”洪海波来了兴致，“保持冷静为必需，火堆庇护为首先。”

“水分食物须保证。”金健一接着说。

“求救信号记心间。”艾极光在通话手表里最后说。

“哈哈哈，艾极光，你要加油啊。”金健一忍着伤痛，笑着说。

“等着吧，保证完成任务！”艾极光说。

云翔宇又对三个队友说：“伙计们，我们要保持冷静，动起来吧。我们不能干等着，该做些什么呢？”

“火堆。”林悠然抢着说，突然想到冰天雪地没有任何柴火，就不好意思地低下了头。

“庇护所。”洪海波说。

“对，我们找个能避风的地方，尽量减少热量的散失。不然随着太阳下山，气温会急剧下降，穿越服的电量消耗也会加快。求救信号的话，我们与艾极光的通信还是畅通的，这个没有问题。”

附近正好有一处被几个雪球围成的洞，云翔宇就让大家在此处避风。又让洪海波拿大家的水壶装满了雪，这样启动水壶的加热模式使雪融化后，就可以喝了。云翔宇把金健一的水壶递到坐在地上的金健一手里，问：“感觉怎么样了？”

“没事，队长，刚才就是脚崴了一下，现在好多了，话说咱们这穿越服，真好用哎，这么高的地方下来，连层皮都没有擦破。”

“你这家伙，你还觉得不够？难不成你还想流点儿血。”洪海波说。

“哈哈哈！”云翔宇和林悠然大笑。

“去去去！”金健一对洪海波道，“我就是说咱们这衣服好用。对了，队长，我们这次任务怕是要耽误了。这天马上就要黑了。”

“嗯，现在关键在艾极光，只要他能够尽快找到飞梭。一切都来得及。有了飞梭，我们就可以到地球的阳面去，找到未被冰封的海洋，完成任务。”

“艾极光一定可以，我们一定可以！”金健一咬着牙，露出坚毅的眼神。

“一定可以！”洪海波举起右手，振臂高呼。

雪谷里的风更大了，艾极光在风雪中坚持行进了 1 个多小时，太阳已落山，雪山在月光的照射下，依旧明亮。但雪花几乎落满了艾极光的头盔，使他看不清前方。虽然身体疲惫不堪，但他明白，现在自己是全队的希望，无论怎样，都要找到飞梭。

一步、两步、三步……此时，艾极光几乎是在雪地里爬行了，是坚强的意志在支撑着他前进！

终于，他的手表显示出了期待已久的绿色。他的心如同雷鸣般狂跳，用几乎颤抖的声音向队长报告：“队长，已找到飞梭！已找到飞梭！”

队友们正在焦急地等待艾极光的消息。随着天越来越黑，气温越来越低，云翔宇只能用言语叮嘱队友们要坚强，并不断用各种方式激励大家，防止有人滋生悲观的情绪。终于，通话手表里传来了艾极光的声音：“队长，已找到飞梭！已找到飞梭！”

“太好了，保护好自己，并召唤飞梭来接应我们。”云翔宇回复道。

“是，队长。”艾极光应道。

“太棒了，艾极光，你就是我们在这个黑夜里的一束光。”洪海波激动得几乎要流泪，金健一差点儿拖着伤脚蹦起来，只是突然感觉到了痛，只好转头和队友们拥抱起来。

十分钟后，大家终于听到了飞梭那熟悉的轰鸣声，这声音在风雪的呼啸中，特别犀利，又特别动听。

由于山谷狭窄又高低起伏，使得飞梭无处降落，艾极光就使用了安全绳和绳梯，首先将金健一“提”了上来，然后队员们依次上来。待云翔宇最后进入机舱内后，队友们拥抱、击掌，庆祝又一次顺利脱险。

“好样的，艾极光。”云翔宇对艾极光说。

“是呀，是呀，艾极光，这次全靠你，不然我们就有可能在这里挨饿、受冻，得等企鹅来救我们啦。”洪海波说。

“怕是没等来企鹅，等来了剑齿虎，那就玩完喽！”金健一打趣道。

“呵呵，等来什么都没事，反正我们都腿脚完好，跑得快！”洪海波反唇相讥。

“哎？洪海波，你可是救生员，队长，你们听听，这是人话吗？你是救生员吗？见了老虎，扔下队友就跑？”金健一讽刺道。

洪海波正要说话。云翔宇打断了他，说：“好了，不开玩笑了，我们该出发了，还有任务呢！”洪海波没说话，瞥了金健一一眼，脸上露出“诡异”的笑。

剑齿虎

艾极光启动了飞梭，加大马力，向着太阳，出发。随着飞梭的抬升，雪山的轮廓逐渐清晰，刚才困住大家的山沟慢慢地变成了一条黑色的缝隙，再一会儿，连雪山也变得模糊了。再加速，不一会儿，飞梭就追上了太阳，世界又变得明亮起来。向下望去，大家发现仍然是大面积的冰川覆盖着地球。

“这次，我们得找到没有被冰封的海洋。”云翔宇对艾极光说。

“好的，队长，我们调整一下航向，往赤道方向去。”艾极光回答。飞梭的速度真是快！很快，艾极光就发现了前方有大家期待的蓝色海洋，“队长，前方发现海洋。”

“好的，准备降落！大家即刻出发，把耽搁的时间抢回来。”

“是，队长。”

飞梭降落在了一块平地上，前方是大海，后方还有冰层，远方仍然看得见冰山。大家收拾好装备。

“队长，让金健一休息吧，我们几个够了。”洪海波说。

“队长，我没事，不用休息。不信，你看。”金健一抬高了嗓门说道，边说边来回走了几步。

云翔宇看了看，发现金健一走路还是有些不协调，明显能看出来脚有伤，说：“金健一，留在舱内休息，随时准备接应我们。”

“队长，我没事。”金健一央求道。

“这是命令。”云翔宇高声说。

“是！”金健一悻悻地应道，狠狠地瞪了洪海波一眼。

洪海波得意地笑了，没说话，跟着队伍出发，出舱时还回头瞟了金健一一眼，笑眯眯地说：“好好休息哦。如果剑齿虎来了，飞梭会保护好你的。”

“去去，干你的活儿去！”金健一不想搭理他。

林悠然走在队伍最前方，她急不可待地想开始工作——前面的雪崩，耽误了太多时间。收集奥陶纪的生物信息，对实验室之后的研究非常重要。因为博士说过，奥陶纪是第一次地球生物大灭绝的时代，地球上原有的物种大部分灭绝了，而发生这一切的原因仍然是个谜。

海岸边就有许多生物的外壳，还有尸体。林悠然知道，这是在不断的海进海退过程中，遗留下来的。其中，一条鱼的骨架引发了林悠然的注意：“队长，快来看。”

“有什么发现？”云翔宇和队友们都跑过来。

“这很像一条淡水无颚鱼的骨架！”林悠然说。

“是的，头部有头盔一样的外壳，身体细长。”云翔宇说。

珊瑚

“淡水鱼？那为什么会跑到海边呢？”洪海波问。

“附近应该有河流入海口。”林悠然说。

“这里真像动物坟场呀，这么多尸体和残骸。”

“是呀，结冰使得海平面下降，许多生物灭绝了。我们下海去寻找吧，伙计们。”云翔宇说。

“好。”

也许是大部分生物的灭绝，给幸存者留下了更大的生存空间。海面有漂浮着的笔石，这是一种约 5 厘米长的蠕虫，靠吃浮游生物为生。海底世界依然是生机满满。珊瑚成片生长，逐渐形成礁体。这里成为海洋小动物最好的生活栖息地。三叶虫仍然活跃，上亿年的繁殖、生长、脱壳、进化，使得这种小虫子成为当时地球生存竞争的赢家。海底到处都是三叶虫蜕掉的壳。这又成了其他小动物的居所，腕足类、苔藓虫、甲壳类等等都寄居在里面。奇怪的角石拖着那锥子一样的身体，靠摆动头部的触须游动。

这里的鱼类没有上下颌，嘴很宽，头的边缘长着奇怪的骨板。据说这些骨板是发电器官，用来感觉距离或电击捕食动物。

终于，奥陶纪最令人震撼的动物——鹦鹉螺出现了。这个怪物，你不得不承认，它很奇怪，但很漂亮，整体很像鹦鹉的嘴。靠着头部的触须在海底匍匐前进，又靠这些触须捕食猎物。云翔宇示意大家小心，尽管他认为这个蜷缩后外壳直径1米多的怪物，不会攻击人类，但看着它能够咬碎三叶虫硬壳的牙齿，还是觉得离它远点为妙。

角石

“太奇妙了！”林悠然禁不住赞叹这种怪物，一边又想问：这怪物是鱿鱼和乌贼的祖先吗？回去问问博士。

“搞定了吗？林悠然。”云翔宇问道。

“完工，队长。”林悠然边说，边用手指比了一个 OK 的手势。

“好，收队，回去。”云翔宇发出指令。

队员们都往回游去，洪海波，悄悄地把海底的一个东西装入了口袋，跟在队伍最后。

终于登上了飞梭。金健一等不及问道：“兄弟们，这次发现了什么？”

鹦鹉螺

“鹦鹉螺，大怪物。”林悠然说。

“鱼，但没有颌骨。”艾极光说。

“还有这个！”洪海波突然从口袋拿出了自己私藏的神秘物件。

“三叶虫！”林悠然抢着说。

“洪海波，我们有纪律，不能带原始生物回去的。”金健一说。

“你仔细看看，这只是壳而已，我本来觉得你没有去，挺可惜的，送给你做礼物的。”洪海波气哼哼地说。

云翔宇说：“但是，壳也不行。”

“不行就不行，我扔了它。”洪海波把那个三叶虫壳扔到了舱外。

“但是，我还是要谢谢你，哥们儿，还记得我。”

“那是，我是谁呀，重情重义的洪海波。”

“这下不把我丢给剑齿虎了？”

“看心情喽！”

“哈哈哈！”

嗖！一溜烟，飞梭消失在了无尽的天际。

第四集　志留纪之虾兵蟹将

秘密实验室。

“干得不错，孩子们！”

“那么，博士，奥陶纪为什么会发生生物大灭绝呢？”洪海波问。

“有大量证据表明奥陶纪的大灭绝事件，是由于一种叫伽马射线暴的宇宙射线造成的。”博士说。

伽马射线暴

“伽马射线暴？”队员们面面相觑，大家都没听过这个词。

“对，就是光谱图中最右端的、波长最短而能力最大的伽马射线。就是这一束伽马射线击中了地球，导致地球大气层被破坏，臭氧层被击毁，紫外线杀死了大部分浮游生物，然后以浮游生物为食的动物又因缺乏食物而大量死亡，整个食物链都断掉了。很多年后，大气中二氧化氮浓度升高，这是一种有毒气体。这种气体笼罩地球，造成地球接收到的太阳光减少，地球进入了漫长的冰期。就如你们见到的那样。”

“这种伽马射线暴太恐怖了，就像激光枪一样厉害。”金健一说。

“是的，有点像，不过它比激光的威力还要大上万上亿倍呢！”博士笑着说。

“哦，阿弥陀佛，佛祖保佑我们不要再被伽马射线击中。”洪海波双手合十，紧闭双眼，念叨道。

“呵呵，大家也不用怕，这是一个概率极小的事件，比千里之外用手枪射中一根绣花针的概率还小。出发吧，年轻人，这次你们将去往 4.2 亿年前，看看在志留纪，有什么神奇的事情。”

“穿越时空，拯救地球！”

志留纪景观

飞梭还没落地，艾极光就有了新发现："队长，队长，快看，海边，海岸上有了绿色。"

"哦！这么说，陆地上终于有植物了。"云翔宇惊喜地说。

"据博士讲，它们是现代植物的祖先，叫裸蕨植物。待会儿我可要好好看看它们，据说这种植物没有明显的根茎叶。"林悠然说。

"哇呜，我也要去看看。"洪海波喊道。

飞梭一落地，林悠然和洪海波就迫不及待地飞奔到海滨的一片绿色中，仔细地观看、拍照。洪海波还打开了面罩，闻了闻，但是也没有什么气味，有点失望。他发现这些植物有的一人多高，有些也就几十厘米，相当于一般灌木的高度，也有的匍匐在地上。这些植物最大的特点是没有叶子，通体都是绿色的“树枝”。

“好奇妙啊，这些根长得也是奇奇怪怪的。”洪海波说。

“是的，那都是假根，与现代植物的根是不同的。”林悠然说。

云翔宇和艾极光看了几眼那些植物，就往大海方向走去，他们明白，大量的“宝藏”还得去海洋里寻找。

突然，大地抖动了一下。“队长，又遇上地震了？”艾极光问。

“是的，但是震中应该离这里较远，应该是在前方的海洋里。”云翔宇说，“先等一等，我们先不要下海，过一会儿看看情况再说。”

“没事吧，队长，刚才这个震感，也不算强烈。”艾极光说。

“你看看，海洋，有什么变化没有？”云翔宇说。

“海浪挺大。”艾极光说。“不对，队长，远处，好大的浪，不会是海啸吧？”艾极光加快了语速，语气中透出了一点紧张。

“是海啸，伙计们，我们准备后撤，这次海啸有点大。”云翔宇大声喊道。“快撤，洪海波，林悠然，别看了，快撤，去飞梭上。”

洪海波看了一眼队长和艾极光，又看到远方的海浪，像一排蒙古骑兵，呼啸着扑过来，后面是第二排、第三排……“哦，好的，队长，撤，林悠然，快走。”

“哦哦哦，我拍完这两棵植物，马上。”林悠然忙着拿测序仪工作，头都不抬。

洪海波已经跑了几步，发现林悠然根本没动地方，急忙回来拉林悠然：“走吧，海水已经到了，再不走来不及了。”

大地又抖动了一下，云翔宇也来拉林悠然。这时海水已经追到了脚下，第一波海水只淹没了低矮的植物，紧接着第二波就淹没了所有植物。很快，队员们就被海浪追上了。

“我晕，这波浪的速度也太快了吧。”洪海波大声说。

“据说……据说暴发海啸时波浪的时速会超过 700 千米。”林悠然已开始大口喘气。

海啸

“你还知道呀？不要命了？”洪海波几乎要大吼。

转眼间，美丽而宁静的一片海滨植物已不见踪影，海浪翻滚，犹如一座座小山般朝他们扑来。

“朝那边跑！”云翔宇指着左边，左边有一座小山丘。

海啸紧跟其后，巨大的浪花不断吞噬着周围的一切。他们拼命地奔跑，互相鼓励着。林悠然有些体力不支，突然摔倒在地，云翔宇和洪海波同时回头去拉她，但一股巨大的力量将他们向后推。三人都被卷入了滔天的海水中。

“队长！”“洪海波！林悠然！”跑在前面的艾极光和金健一回头喊道，一排浪过来，他们已经完全看不到被卷入海水里的三名队友了。

“艾极光，金健一，我是云翔宇，我没事，你们继续往上跑，快去找飞梭，再来接应我们。”云翔宇给艾极光和金健一发出了信号。

“是，队长。”艾极光回答，“金健一，有穿越服的保护，队长他们应该不会有事。”

“好，我们去找飞梭。”金健一说。

云翔宇打开了潜水功能，在浑浊的海水里，什么都看不见，只能靠声呐通信呼叫队友。好在他一直紧紧地抓着林悠然，使她没有被海水卷走。又一个海浪打来，两人在海浪里打滚儿，好像在海里坐过山车，云翔宇都有点头晕了。他问：“林悠然，你还好吗？抓紧我，别松手。打开潜水模式！”

“好的，队长。我没事。”林悠然说。

“洪海波呢？”云翔宇问，他发现洪海波不见了。

“不知道呀，被卷进海水里时，我们已经分开了。”林悠然说。

“队长，救我！”是洪海波的声音，同时传来咕嘟咕嘟的水声。

“洪海波，你怎么了？”云翔宇急切地问。

“我的穿越服漏水了。”洪海波一边说，一边艰难地游泳。本来作为一名优秀的救生员，洪海波的水性极好，可是漏水的穿越服成了他极大的负担，在这泥浆一样的海水里，游起来非常吃力。洪海波只能先闭气潜水，然后再尽量借助波浪的力量，上来换气。

云翔宇和林悠然也浮上水面，寻找洪海波。可是根本看不见，漫天的海水，也没有任何参照物可以说清楚自己的位置。这时，洪海波已经有些体力不支，嘴里呛了几口泥水，竟然还裹着一粒贝壳。洪海波吐了一大口水，把那些沙子吐干净，拼了命地往上游。这时，一名队友加速冲到了他身边，伸手抓住了他，原来是金健一。

“好兄弟，多谢！我原本还想着来一个志留纪十千米越野游泳呢。”洪海波说。

“别逞能了，快走！”金健一说。

这时，云翔宇也看见了他们，四个人都朝着前方的小山丘游去，海水越来越多，海平面也越来越高，小山丘也在逐渐变小，慢慢变成了一块礁石而已，还在遭受不断涌来的海浪的冲刷。云翔宇四人奋力游到那块礁石之上，云翔宇先把林悠然扶上了礁石，然后再和金健一两人合力把洪海波拉了上来。洪海波衣服里已经灌满了水，重得好像一头牛。一上岸，洪海波趴在石头上，吐了吐嘴里的泥水，这时几朵浪花又打到了他的脸上，又被弄了一个大花脸，引得大家哈哈大笑。

“海波，你可以去演京剧花脸了，都不用化妆了。”金健一说。

“哎，失误失误，刚才因为闻花香而打开了面罩，海啸来时忘了关了。队长，我一慌张就忘记了操作规程，你处分我吧！”洪海波哭丧着脸，说道。

云翔宇虽然有些生气，但此时没有发火，说道：“先别说这些了，还好这里的空气没有毒，不然你就完了。先把穿越服脱掉，把里面的泥水弄干净。”

“是，队长。”洪海波立即脱掉了穿越服，然后开启了自动清洁功能，一会儿就恢复了干燥清洁。洪海波重新穿上了它，老老实实合上了面罩，还检查了好几遍。

很快，不负众望的艾极光就驾驶着飞梭，赶在海啸吞没这块礁石之前，接走了他的四名队友。飞梭“嗖”的一声，飞向了远方。

艾极光不断地观察着前方地面的情况，发现海啸淹没了大片的陆地，说：“队长，这次地震波及的范围还真大！我们都飞行了500千米了，这边的海岸还是被海啸淹没了。”

“是的，加快速度，我们去另一块大陆。”云翔宇说。

“是，队长。”艾极光说。

能与时间赛跑的飞梭，当然不会让大家久等。为了不飞出地球，或者飞出志留纪，艾极光只能以普通飞行模式驾驶飞梭。即便如此，只过了大约五分钟，飞梭就飞到了劳亚板块的古大陆上方，并降落在了海岸边。在云翔宇的号令下，大家有序出发。

完全不同于刚才的波涛汹涌，这里的海面风平浪静，地球的辽阔可见一斑。短暂的休息让林悠然恢复了体力，对这个新的未知世界的好奇，使她再次兴奋起来。林悠然，永远是第一个冲进大海的人。云翔宇他们紧随其后。

海面及海洋上层有许许多多的浮游生物，造型各异，树枝状、钩状、管状、螺旋状、网状等等。大小也不同，小的几毫

笔石

米，大的将近 1 米。林悠然清楚，这些都是现代统称为笔石的无脊椎动物。志留纪真是笔石的天堂！

洪海波潜到了水底，开始观察浅海的海底生物，这里还是有一些贝类的，他发现一个贝壳长度几乎超过了自己的胳膊。各种奇形怪状的贝壳令洪海波目不暇接，颜色以白色和黄色为多见，也有些黑色、红色或其他颜色。

云翔宇则发现了之前的老朋友——三叶虫。这里的三叶虫主要有蚜头虫、斜视虫、似彗星虫、王冠虫和霸王虫等类型，比奥陶纪的种类要大大减少。繁盛几世的地球霸主，已经出现没落态势。这些虫子和其他诸如海百合、珊瑚虫和层孔虫围绕一块或几块海底礁体，形成一个又一个生物群落，大家互不干扰，各自生活。

云翔宇想：奥陶纪的环境剧变，杀死了地球上 70% ~ 80% 的生物，鹦鹉螺这类大型肉食动物显著减少，这应该与它们的食物大量减少有关；三叶虫等小型动物，随着捕食者的减少，不知道能否东山再起、重现辉煌呢？

“队长，注意你的右后方，有几条鱼过来了。”是金健一的声音。

“好的，我看到了，金健一。”云翔宇答道，马上向林悠然发信号：“林悠然，林悠然，这里有新发现，是鱼。”

“收到，队长，马上过去。”林悠然说。有潜水服的助力，转眼林悠然就追上了想游走的鱼群。

林悠然确认这些鱼叫棘鱼。它们长约如儿童的手掌，背鳍、胸鳍、腹鳍和臀鳍的前端都有硬棘。头部是圆弧状，两只大眼分布于头部两侧，尾巴是歪的，外形有些像鲨鱼，菱形的鳞片细小且布满全身。最特别的是它们上颌无牙，下颌有牙，可见，它们是从无颌类向有颌类进化的类型。

林悠然拿着测序仪紧跟这群棘鱼，希望完整地记录下它们的全貌。突然，远处，测序仪的屏幕上出现一只黑点，正朝鱼群和自己游过来，越来越近，越来越大。

“那是什么？是鹦鹉螺吗？”艾极光也看见了。

一种腔棘鱼（棘鱼进化鱼类）

“不是，是奇虾吗？你看，它有两只大螯。”洪海波也发现了这只怪物。

怪物又近了些，金健一也看了看，说：“我看像蝎子。”

“也对，是海蝎子，学名叫板足鲎。”林悠然说。

“它可真大，站起来恐怕跟洪海波一样高。”云翔宇说。

“是的，我看它足有1.5米长。”林悠然说。

“呵呵，队长，为什么拿我做比较，是在点我吗？”洪海波笑着说。

“对，海波，我想让你做好战斗准备，不过看起来板足鲎没有攻击我们的意思。”云翔宇较轻松地说。

板足鲎

“它要是敢来，我正好试试这次带来的最新武器。”洪海波说。

这时，板足鲎已经追上了伺机逃跑的棘鱼群，边快速游动，边伸出两只大螯，攻击鱼群尾部的棘鱼。

这群棘鱼充分发挥了小巧灵活的优势，一会儿就钻进了珊瑚丛中，让这只板足鲎一无所获。可能棘鱼本就不是它的目标，板足鲎也不再追击，转而向云翔宇他们的方向游过来。

林悠然马上抓住机会拍摄这只怪物。她知道在志留纪，这个大家伙已经算是巨无霸了。板足鲎像超大号的蝎子，只是前端的两只大螯有所不同，它们和像奇虾的大螯一样，呈锯齿镰刀状。它头胸甲较小，腹部分为 12 节，前 7 节组成前腹部，具附肢，后 5 节组成后腹部，无附肢，具尾剑，因最后一对步足呈板状，故名板足鲎，板足用以游泳。腹部有 6 对书鳃。

板足鲎早已发现了这 5 个外来客，对于未知的物种，它好像和人类一样，也有着天生的好奇，晃动着两只大螯游过来，对着前面的林悠然就夹。有了之前的经验，面对这个大家伙，林悠然早就做好了时刻逃跑的准备，她可不愿意拿自己的穿越服来测试这家伙的本事。“安全第一”，她早已牢记心间。

这时，洪海波游过来，挡住了这只海蝎子的去路。海蝎子伸出大螯去夹洪海波，只见洪海波不慌不忙，伸出了手中的秘密武器——一根像登山杖一样的东西。海蝎子用一只螯毫不费力地夹住了“登山杖”，张口就要咬。洪海波立刻摁下了“登山杖”手柄处的按钮。接下来的场景令所有人目瞪口呆，海蝎子就像触电一般，摇头晃脑，松开大螯，扭头就跑了。

“牛啊，洪海波，这是什么武器？”金健一问。

“金箍棒！”洪海波笑着说，并收起了“登山杖”，果然，他把这只“金箍棒”变小了，只不过没有装进耳朵里，而是挂在了腰间。

金健一越发好奇，只是潜在水下，大家都在工作，不好多问。等完成了任务，一上岸，金健一就追在洪海波身边，问：“哥们，刚才到底是什么秘密武器？拿出来看看呗。”

艾极光、林悠然也跟了上来，都想看看洪海波的“金箍棒”。

洪海波扭头看了看云翔宇，发现他没有反对，就拿出了他挂在腰间的秘密武器。只见他右手握着手柄，朝向前方一甩，嘴里说一声：“变！”那武器立刻变成了一米多长的“登山杖”。大家不约而同地“哇”叫起来，并凑近看那武器。原来它是一根像钓鱼竿一样的杆子，伸出来一米多，收回去就成为一个带扣的手柄，手柄上面有红绿两个按钮，绿色按钮控制杆的伸缩。

“那红色的按钮是做什么用的呢？”林悠然问。

“一定是发射钮！”金健一说。

“发射什么？这也没地方装子弹吧？”艾极光说。

洪海波笑嘻嘻的，得意洋洋地看着大家茫然的样子。云翔宇在旁边，笑呵呵地说：“你们说得对。是发射钮，但发射的不是子弹。洪海波，公布答案吧，为我们这趟旅行做个完美的总结。”

“好嘞！大家看，这个小小的手柄，其实里面藏着巨大的玄机，它是一个小型超声波发射器，发出的声音，相当于200分贝。”

“哇，200分贝，那不得把耳膜震破！”艾极光震惊地说。

“耳膜？如果放进你嘴里发射，能让你重度脑震荡。”洪海波瞪着眼睛说。

“那你刚才对那只海蝎子发射超声波，为啥我们都没有感觉呢？”林悠然好奇地问。

“好问题！”洪海波习惯性地要为林悠然这个问题打个响指，发现自己还穿着穿越服，就竖起了大拇指，说：“这才是这个武器的与众不同之处，它的全名叫作‘超声波定向发射器’，你们看这个杆，别看它这么细，但是博士说它共有三层，其中最里面一层是用纳米级的钢化纤维玻璃制成的，这种材料能保证声波只沿着杆的方向发射，而不会向外扩散。所以，按了红色按钮之后，只有夹住这个杆的生物才会受到冲击，而其他生物则会安然无恙。”

“万一那家伙，把你的‘金箍棒’夹断了呢？”金健一问。

“夹断？金健一，你也不想想，为啥我这宝贝叫‘金箍棒’呢？它可是碳纤维的，韧性、强度大得很。再说，我是谁啊，人称闪电小飞侠，机敏灵活着呢，怎么可能让这大鲎在我面前逞威风？”洪海波仰起了脖子，不屑地说。

“哟哟哟，小飞侠，今天上午，是谁变成小泥鳅了！”

“哈哈哈……”一片大笑。

“我说了，我能游10千米的……再说了，阿晶教练教的防溺水口诀，我可是牢记在心的。”

“是吗？”

“还不信？‘四个不游’：独自一人不游，陌生水域不游，身体不适不游，饱食空腹不游……”

在大家你一言、我一语的斗嘴声中，飞梭消失在了天际。

第五集　泥盆纪之首登大陆

研究中心安全教育课堂。阿问博士和安全救援专家阿晶教练正在给队员们讲课。

“关于台风，同学们还有什么问题吗？”阿晶教练问。

洪海波站了起来，问：“阿晶教练，这么说，台风的命名是在 140 个名字中选择的，而且是按顺序循环使用的？”

“对！世界气象组织中遭受台风侵扰较严重的 14 个亚太国家和地区，每个提供了 10 个名字。”阿晶教练一边说，一边把 PPT 翻页到相应的内容，讲道：“这 14 国家和地区有中国、朝鲜、韩国、日本、菲律宾、越南、老挝、柬埔寨、泰国、马来西亚、密克罗尼西亚、美国，以及中国香港、中国澳门地区。”

“这么多国家地区，名字岂不是五花八门？”洪海波说。

“是的。像中国，喜欢用神话人物命名，如玉兔、悟空、风神、海神、木兰；日本喜欢用星座命名，如天琴、摩羯、北冕；朝鲜喜欢用诗词中的动植命名，如杨柳、鸿雁、云雀；泰国则喜欢用本国特产来命名，如山竹、玫瑰以及莫拉克，其中莫拉克是绿宝石的意思。”

“名字很美，可是真正的台风可没有那么美。”金健一说。

“是呀，同学们一定要记住这些防护措施。”阿晶教练又将大屏幕上的授课内容翻了一页。

台风天气安全防护措施：

1. 准备必需品，如手电筒、收音机、食物、饮用水及常用药品等，以备急需。

2. 留意媒体广播的台风消息，并采取预防措施。

3. 关好门窗，检查门窗是否坚固，取下悬挂的东西，检查电路、炉火、燃气等设施是否安全。

4. 将养在室外的动植物及其他物品移至室内，特别是要将楼顶的杂物搬进来，室外易被吹动的物品要加固。

5. 不要去台风经过的地区旅游，更不要在台风影响期间到海滩游泳或驾船出海。

6. 住在低洼地区和危房中的人员要及时转移到安全住所。

7. 及时清理排水管道，保持排水畅通。

8. 台风袭来时，切勿靠近窗户，以免被强风吹破的窗玻璃片弄伤。

“嗨，阿晶教练，我们去的是远古，您说这些门窗啊、船啊、管道什么的，跟我们有什么关系呢？”洪海波说。

“这个……洪海波同学提醒得对，不过情景不一样，道理是一样的。应对台风，安全是唯一原则。要么躲避开，要么躲到安全的地方，总之不要正面抗衡，要认识到人类的力量是有限的。”阿晶教练笑着说。

“是的，同学们，刚刚我发现，大家相比之前更善于思考了，调皮的海波就值得表扬，但是洪海波同学还只是发现了局部问题和漏洞，更要有大局观，这样才能灵活掌握知识，保证安全、完成使命。”阿问博士说。

队员们纷纷点头称是。

云翔宇看了看时间，说：“博士，我们该出发了。”

“好的，祝你们在泥盆纪世界里一帆风顺。”阿问博士说。

“马到成功！”阿晶教练说。

“穿越时空，拯救地球！”

在响亮的口号声中，飞梭消失在了地球，进入了时空隧道。

“博士让我们参加关于台风的培训，看来是早有准备呀！这里分明是刚刮过一场台风！”艾极光透过飞梭的窗户，看到3.6亿年前泥盆纪的一块大陆，几乎被遍野的洪水淹没了。从山上倾泻下来无数条大大小小的溪流，不停地汇入沟谷，形成洪流，汹涌着奔向远方，急不可待地去寻找江河，奔赴海洋。

“队长，我们要不要降落，去挑战一下泥盆纪的台风？”洪海波笑嘻嘻地问。

“怎么，洪海波！博士和教练的叮嘱言犹在耳，你就已经忘了？是不是感觉泥盆纪的水会比志留纪的好喝，所以想尝尝啊？”金健一笑着说。

“滚！上次只是一个小失误。博士不是说过吗？失误是难免的！失败是成功之母！”洪海波学着博士的样子，压低了嗓音，慢慢地说。

“可博士还说了：要严格遵守操作规程，不能有丝毫马虎，关键时候的一个小失误，可能会造成大麻烦，让我们遭受彻底失败。”林悠然说。

“好了，你们两个也别揪住我不放了，否则再被怪兽追赶，小心我不救你们！”洪海波仍带着倔强的口气说。

“大家不要争执了，我们是一个团队，洪海波作为一个救生员，非常勇敢，虽然偶尔因为马虎犯了一个错误，但最近也在加强学习，还得到了博士和教练的夸奖。未来我们一定还会面对更多未知的困难，我们要互相支持……大家看前方，陆地终于有了大片的绿色，我们得去看看。”云翔宇指着前方，说道。

大家都急切地朝舱外看去。

“是呀，好像有了森林。”

“那树已经很高了。”

“不知道有没有猴子？”

“你咋不说有猿人呢？”

“就是，海波，你想留下来生活了吧？”

大家七嘴八舌起来。

“我们的考古表明，泥盆纪是鱼类的天堂，淡水鱼也多了起来。”林悠然郑重地说道。

“哦？这么说，我们可以下河抓鱼了？”洪海波调皮地回话。

“洪海波，你是馋烤鱼了吧？”金健一调侃道。

“我可不馋，我是个专注于工作的人，不像你，就知道吃。”洪海波对金健一的调侃反击道。

“哟？是谁，上周跟我说，基地餐厅的饭太难吃了，想到外面的烤鱼店饱餐一顿？吃什么味的呢？麻辣味？香辣味的？咖喱味的？还是番茄味的？……”金健一坏笑道。

“哈哈哈。”大家都笑了起来。

“你这个金健一。我真是倒霉，碰上你这么个队友，一点儿隐私都没有，全让你这个大喇叭给广播出去了。”洪海波讥讽道，并假意用手去捂金健一的嘴巴。

“哈哈哈……大喇叭。”洪海波的这句话更是惹得大家大笑起来，被洪海波捂着嘴的金健一，也不好意思呵呵乐起来。

“好了，大家收拾一下，准备着陆！”云翔宇收住了笑声，命令道。

“是！”大家应声道，洪海波和金健一也停止了打闹。

这里的大地终于披上了绿装，在雨水的冲刷之下更加郁郁葱葱。台风没有摧毁这里的森林，但仍有一片倒伏的植物。飞梭就停在了一片森林边的草地之上。走近了看，这里的森林，原来只是一大片蕨类植物，不过相比志留纪所见的蕨类，要高大很多，最高的有10米左右。

林悠然走到了一棵被台风刮倒的树木旁边，指着它说：“你们看，这棵树，和那几棵就是鳞木，那边还有亚鳞木。鳞木是草本植物，但亚鳞木就是木本植物了。这些都是形成煤炭的主要来源。”大家都围住这几棵树仔细看，发现鳞木非常粗壮，像芭蕉一样生出螺旋排列的叶子，但是叶子没有芭蕉叶子那么宽大，是线条状的，长约半米。亚鳞木更加高大，叶子呈锥形，比鳞木的叶子更长，有1米左右。台风吹落了许多树木的叶子，叶片脱落后，树木表面留下了规则排列的鳞状叶座。

“不知道这片森林，最终变成了哪里的煤炭？”洪海波喃喃地问。

蕨类

没人回答，洪海波又自言自语道："不知道是内蒙古的？还是山西的？要不就是德国鲁尔区的？"

"洪海波，你是在卖弄学问哦，居然还知道这么多产煤区，了不起，了不起！"金健一不忘调侃道。

洪海波回应说："我也在努力学习，努力进步，好的吧？不要小瞧人，那句老话怎么说来着，士别三日当'挖'目相看。"

"是'刮'目相看，又露底了吧，洪海波。挖目，小心给挖瞎了，哈哈哈……可是，你得回去好好看看书了，恐怕你是挖不出泥盆纪的煤的。"金健一又得意起来。

五人小队在这俩人的拌嘴声中沿着山势，往低处走，不远

泥盆纪森林

处就是一大片湿地，这里的蕨类植物更加丰富，从高向低，依次是光蕨、工蕨、带蕨。光蕨较高，大约1米多，长在陆地上，假根匍匐在湿地中，向上生长出3～5根枝杈；工蕨很矮，在浅水里只露出几簇叶子；带蕨已完全没入水中，叶子形状像海带，却像荷叶一样浮在水面。

“快看，有鱼！”洪海波喊道。

大家立刻朝着洪海波指的方向看，问：“哪儿呢？哪儿呢？”可是，只看见一圈波纹，分不清是雨滴还是别的什么东西造成的。

“刚才都跳出水面了。”洪海波说。

“有可能的，我们沿着河道找，肯定会有发现。”云翔宇说。

“是的，洪海波的眼力，准没错。”林悠然夸赞道。

五人穿过湿地，朝河流走去，雨越下越大，远处的河流几乎和雨水连成一片，湿地越发泥泞，还好这里并没有太多淤泥，也并非沼泽。沿途大家都有了一些新发现，艾极光在草丛中看见了一些极小的昆虫，林悠然在一棵蕨类植物上找到了蜗牛，金健一在河边抓到了蛤，云翔宇则瞧见了跃出水面的几条小鱼，验证了洪海波的发现。大家因此更加坚信，河里一定会有更大的秘密。

四足动物的进化

“队长……林悠然，快来！”洪海波又喊道，然后马上跑了几步，最后蹲在水塘边指着草丛：“大家快来看，这是什么？我又有大发现。”

大家立刻向洪海波跑去，林悠然第一个到，看到洪海波两手将一只大壁虎或者蜥蜴一样的东西抓在手里，那东西不停地摆动着自己的头和尾巴，试图挣脱束缚。

“笠头螈！”林悠然说。这时大家也都跟了过来。

林悠然接着说：“你看它的头，像斗笠一样，所以叫笠头螈，它是两栖动物，但已经具备了一些爬行动物的特征。既然有笠头螈，这里的水边、岸上肯定还会有其他动物。大家可能会发现长得像蛇、青蛙、娃娃鱼、蜥蜴、鳄鱼，甚至鸟和恐龙模样的动物，都不要惊讶，这些动物的祖先可能就在这里。”

金健一长舒了一口气，高兴地说：“哦……终于可以在陆地上工作了。洪海波，你这个发现，可是帮了我大忙了，我再也不用游泳、潜水了，每次都搞得湿漉漉的。”

“哥们，知道我的好了吧。待会给你抓几条蛇，让你见识见识俺的真本事。”洪海波一边说，一边帮助林悠然记录，待记录完毕就放走了手里的笠头螈，小家伙一落地，就紧爬几步，滋溜钻入了草丛中，潜入了水里。

“它长得像壁虎，我还以为它为了逃生，会留下尾巴呢？”艾极光说。

“这种本事，也许它还没有进化出来吧。”林悠然笑着说。

“是呀，如果它丢掉尾巴，我还准备收藏呢。”洪海波说。

“看！又一只！”云翔宇指向前方，喊道。

那小家伙就在金健一背后，金健一一转身就看到了它，然后弯腰一伸手就抓到了。

“这些小家伙真是笨笨的，爬得这么慢，遇到天敌，还不得立马玩儿完。”洪海波跑到金健一身边，说道。

“不是它跑得慢，是我反应快好不好！”金健一说。

“哈哈，也许它们刚从水中登陆，本来就没有多少天敌。”林悠然一边说，一边走到跟前，看了看这个小家伙：“这是一只尖头螈。”

“哦，懂了懂了，头像什么就叫什么。这只头尖，就叫尖头螈。我再找找圆头螈、扁头螈什么的。”洪海波笑着说。

“对呀，洪海波，如果你能发现一只还没有被人发现，更没有被人命名的古生物，你就可以给它命名呀，没准它还可以叫海波螈呢。”云翔宇说。

“啊哈，好主意，队长，这么说我们接下来的任务就是，寻找海波螈了。”金健一说。

“这个嘛，我个人不是非常喜欢螈这种动物，所以如果有机会，还是让给金健一同学吧。当然，如果能找到一条龙，我

一种泥盆纪的螈类动物

倒是可以勉为其难，牺牲一下我的大名。怎么样，海波龙，怎么样？”洪海波说完，自己先嘻嘻笑了。

“哈哈哈……”

“看，那是什么？”艾极光突然停住了笑，指向远方。

“鳄鱼？”

“像恐龙！”

“好大啊！”

“别说了，快去看看。”洪海波第一个冲向前方，云翔宇等人都跟了上去。

那怪物应该也发现了它从未见过的人类。不过它不仅没有逃跑，而且没有动，静静地等待着冲过来的人类。

是啊，它确实没必要逃跑。你看它身长3米多，与其说像鳄鱼，不如说像一只大号青蛙。因为它身上是斑点而非鳞甲，尾巴很短，头很大。这家伙大概已经吃饱了，身体一动不动，只有颈部两侧的腮在鼓动。

队员们先后跑了过来，第一个到的洪海波已经取出了自己的“金箍棒”，随时准备迎战。其他队员也将自己新配备的秘密武器拿在手里。第一次在陆地上遇见这种怪兽，大家都有些紧张。

虾蟆螈

没想到这个大家伙只是翻了翻眼皮，就又闭上了。身体还是一动不动。看来它的确对人类没兴趣。

“这是虾蟆螈，它还未成年，最大的能长到5米。”林悠然低声说——她害怕吵醒了这个大家伙。

“5米，那跟尼罗鳄差不多了。”金健一也低声说。

“是的。”林悠然一边说，一边尽快完成工作。对于这种大家伙，全身扫描是件不容易的事。好在设备非常先进，林悠然能在2分钟内搞定，然后向队长比了一个OK的手势。

“走！”云翔宇也悄悄地向大家发出了指令。然后大伙小心翼翼地绕开虾蟆螈，继续向河流前进。一路上，林悠然还拍到了引螈、鳃螈、双椎螈、细腕螈等几种两栖动物。看起来它们都已经在湿地、浅水区域生活很久，相当习惯这里的两栖生活了。

终于，直到河边，洪海波才找到了自己心心念念的蛇螈。可惜，这条蛇的祖先不怎么好抓，没等洪海波伸手，它就已经溜到了水里。洪海波可不会轻易放弃，毫不犹豫地追了上去，浅水湿地里，不能游泳，也跑不快，只能踏水行走。很快，蛇螈就消失在水底，洪海波寻不见，也就不追了。

螈类（古董插图，出版于 1894 年）

“嗨，跑得真快！”洪海波奋力用手击打了两下水面，有些懊恼。

“洪海波，别灰心，水里还会有的。”云翔宇追上了洪海波，安慰道。

“好，我们下水！”洪海波调整方向，大步流星向河边奔去。

下了很多次海，第一次准备下河，大家都有些新鲜感。而且连日下雨，河水暴涨，浑浊的水流里，漂浮着许多树枝、树叶。云翔宇说：“我们这里已是河流的下游，不远处就是入海口，这里原本就应该有很多鱼类，加上最近上游洪水、泥石

泥盆纪鱼类

流冲下了许多物质，现在水下应该比较复杂，水流急，能见度低，大家要小心。拿好各自的武器，严守操作规程，不能脱离队伍，擅自行动。”停了一会，云翔宇等大家都准备好了，说：“开始下水！”

“走！”

云翔宇的分析果然没错，一下水，仅凭肉眼，2 米之外的东西都看不清，大家打开具有红外探照功能的头灯，大概能够看到水下 10 米的物体。5 人呈三角队列，洪海波在前头，后面是云翔宇和林悠然，最后是艾极光和金健一。洪海波紧握着“金箍棒”，不放过眼前的任何异常。其他队友也是严阵以待，不敢有丝毫马虎。

烦人的是，常有大大小小的树枝漂过来捣乱，云翔宇招呼大伙往深水处去，果然好了许多。很快，洪海波就看到了他期待的身影——蛇螈。那东西摇摆着细长的身体，游得真快，洪海波也不得不立刻加快了速度。这次可不能再让它跑了。云翔宇四人也紧跟着洪海波。

利用红外探照灯形成的光柱，洪海波还能够看见蛇螈的影子，但是它总是上下左右漂来移去，一时半会儿还真追不上。洪海波正着急之际，突然发现前侧出现了一群鱼，乌泱泱一片，哗啦啦从洪海波面前扫过。再看，蛇螈早已没了踪影。

“气死我了，这帮捣蛋的鱼。”洪海波喊道。

泥盆纪水下世界

邓氏鱼

沟鳞鱼

“洪海波，没事，刚才在追的过程中，我已经把蛇螈的基因扫描录入了，只要距离够近，咱们的设备就能发挥作用！”林悠然说。

“哎，好吧，可惜又让那家伙跑了。”洪海波悻悻地说。话音未落，洪海波发现刚才的鱼群像炸弹爆炸了一样，四散奔逃，一个黑影冲入了鱼群中间，大开杀戒。

“是恐鱼！”林悠然说，“大家小心，这是个危险的家伙。”

这条恐鱼足有 3 米长，张着半米长的大嘴，能够很轻松咬碎沟鳞鱼的硬壳，沟鳞鱼就是前面遇到的一群鱼。

“这应该是条幼年恐鱼，成年恐鱼能长到 6 米。”林悠然说。这时恐鱼已经向洪海波游过来了。洪海波早已将“金箍棒”指向这条大鱼，只等它咬过来，就给它一棒。

“Duang！”这恐怕就是这条恐鱼小朋友，在咬到洪海波手中的棍子时，会听到的声音。超过 100 分贝的声波，足以让这条 3 米怪鱼逃之夭夭。

洪海波并没有去追击恐鱼，只是沿着水道顺流而下。越来越多的鱼类出现，让林悠然他们应接不暇。不知不觉大家都已经跟着另一个鱼群游过了入海口，进入了海洋。

泥盆纪的水族馆呈现在了大家面前，再往深处，海水已不再受到汇入的浑浊河水的影响，逐渐恢复了蓝色。大家的老朋友：珊瑚、贝类、苔藓虫、水母都依然活跃，特别是菊石的种类和数量都大大增加。三叶虫的数量却大大减少了，不过值得一提的是，林悠然竟然发现了一只长达70厘米的三叶虫。鹦鹉螺也不见了踪迹，尽管资料显示，它们并没有在泥盆纪时期灭绝。鱼类不计其数。它们大都外貌奇特，有甲胄鱼、盾皮

泥盆纪海底

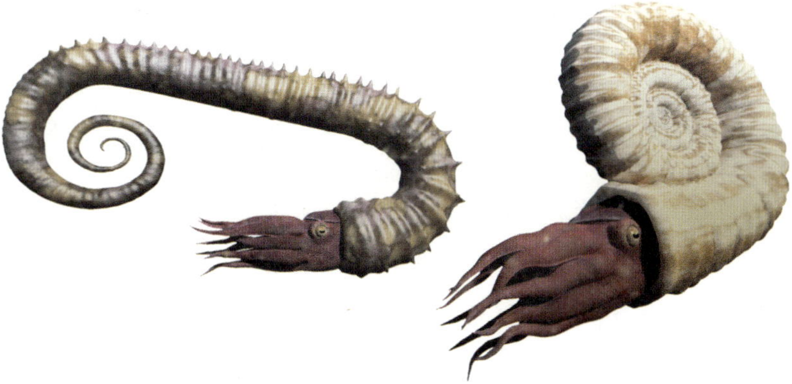

菊石

鱼、总鳍鱼等几大类，只听名字就可以想象它们的形象。而每类里面又分各种小类。除了洪海波之外，所有队员都忙于记录，生怕漏过一条鱼儿。

洪海波也没有闲着，他目不转睛地巡视着四周，不敢有一点放松。他和队友们都知道，在这浩瀚的海洋里，一定还有巨大的怪兽，它们随时可能出现，给小队带来无法预测的危险。赶跑怪兽、保护队友，洪海波的工作职责正在于此。

它果然来了，一条邓氏鱼，长达 10 米，身体像极了鲨鱼，但没有牙齿，位于吻部的头甲赘的外化骨骼，像大铡刀一样。洪海波第一时间告知大家。云翔宇也看到了这条大鱼，说："我和洪海波挡住它，其他人撤退。"

云翔宇和洪海波早已拿起了各自的武器，准备迎战这条海中巨兽。转眼间，邓氏鱼已经用它的大铡刀，切断了几条鱼的身体，没有牙齿的它，直接吞没了鱼的残体。血水染红了一片海水。那场面令人不寒而栗。云翔宇看到林悠然三人已走远，便跟洪海波说："不要恋战，能逃就赶紧逃。这家伙不好惹！"

"明白，队长。"洪海波刚说完，大鱼已到眼前，洪海波伸出了手中的"金箍棒"，但没来得及发射声波，便被那大鱼用铡刀咔嚓一声，给铡断为两截。洪海波心说：完了，这家伙的大铡刀太锋利了。转身便跑。大鱼立刻紧追不舍。此时云翔宇已游到大鱼的侧面，将手中的半米长的手电筒一样的东西，撞在了大鱼的腮部，"啪！"只看见水中冒出了一团气泡，大鱼好像是被烙铁烫伤一般，剧烈翻滚。

趁大鱼无暇顾及之际，云翔宇说："快走，洪海波。"

"什么武器，这么厉害。"

"上岸再说，别等它回过神来。"

二人加大马力，一溜烟，逃上了岸。

第六集　石炭纪之巨虫山谷

“石炭纪的地球真美呀，你们看，这么大片的热带雨林，简直是绿色的海洋。”艾极光感慨道。

来到这3.2亿年前的世界，所有人都会被神奇的景象震撼。飞梭飞驰在热带雨林的上方，大片的云朵在蔚蓝的天空中飘浮，阳光穿过云层，洒落在森林上，形成了一片片斑驳的光影。这样的光影效果使整个雨林更加生动和立体，形成了一个梦幻的世界。

降低了飞梭飞行高度之后，大家发现这片绿色的海洋，被蜿蜒的小溪和独特的山脊分割成一片片极具特色的区域。陆地已不是之前几个地质年代里所呈现的一片荒漠，绿色也不再是荒漠中的绿洲，森林也不再只有单调的蕨类。雨林中的树木种类繁多，从低地到高山，从矮小的灌木到高大的乔木，各种不同的树木相互交织，形成了复杂的生态系统。从空中看去，这些树木的种类和它们的位置关系构成了一幅复杂的图案，既有规律又有变化。

“这景色让我想起了爱丽丝梦游的仙境。”洪海波说。

“博士说，石炭纪空气中的氧气含量非常高，是不是因为树木众多，富含负氧离子呢？”金健一问。

“我想大概是吧。”洪海波说。

“我想知道我们人类如果呼吸这里的空气，会不会也能变成巨型人类呢，像这里的动物一样。”金健一说。

“你还是不要冒险了，乔医生说，如果吸入大量氧气，会醉氧，如果氧气过量，会引起氧中毒。”林悠然说。

“氧气也会中毒？氧气不是我们人体必需的吗？”金健一问道。

“哎呀，这都不懂，就好比糖吃多了会发胖，牙齿会坏掉。”洪海波讥笑道。

石炭纪植物群

“去去，我就是对氧中毒好奇。”金健一回怼了一句，接着问林悠然：“林悠然，氧气中毒有什么症状呢？”

“干咳，呼吸困难，情绪异常等等。”林悠然说。

云翔宇听到大家的对话，在一边微笑，也不接话。

洪海波看了看云翔宇，说：“队长，上次你用的是什么武器？你还没告诉我呢？”

“哦，那是一把空化锤。”

“空化锤？”

“是的，它会使局部的水产生汽化（也叫空化，是水在低温低压下变成气体的现象），形成低压气体，该气体因包裹在水里而形成空泡，而空泡由于水压的作用会很快破裂，在破裂时会产生局部的高温高压及水射流（水锤），故而叫它‘空化锤’。用它来敲击大鱼的铠甲，没有问题。”

“那你这次带来没？让我看看呗。”洪海波说。

“没有啊，我们这次执行陆地任务，而空化锤适用于水里。”云翔宇回答。

“队长，快看，前方有一群鸟！”艾极光说。

云翔宇赶紧向前看，发现一片森林上方，盘旋着乌泱泱一群“大鸟”。他马上看出来：“是巨脉蜻蜓！”

巨脉蜻蜓

“妈呀，我还以为是老鹰，咋这么大呀！”洪海波惊呼道。

“巨脉蜻蜓双翅展开后几乎有1米宽，确实像一只大鸟。”林悠然说。

“我们还是离它们远点！”云翔宇说。

“是啊，这可是我们第一次在空中遇到对手啊！”洪海波倒显得有点兴奋。

“队长，它们向我们飞过来了。”艾极光边说边抬高了飞梭的高度。飞梭在空中划过一个大大的弧线。

“啪！啪！”大家被两下清晰的碰撞声惊到。

“蜻蜓撞到飞梭了？”洪海波问。

“撞到了，队长，我们需要迫降，右侧发动机显示遭受碰撞。”艾极光说。

“好，马上降落！”云翔宇说。

大家顿时感到了一阵紧张，这是以前从未有过的体验。而飞梭在有了那两声响动之后，就恢复了正常，这使得大家稍稍安下了心。马上，艾极光发现了森林边缘的一块空地，熟练地将飞梭降落在那个地方。这片森林太大了，实在没有更大的空地了。这只是山脚下一块相对平缓的空地，地上长满了灌木和野草。飞梭就落在了一片灌木林里，有的灌木都

巨脉蜻蜓与蜈蚣

和飞梭的窗户一样高了，飞梭前面就挡了一棵高大的羊齿植物。

云翔宇正要让大家下去。突然，一只飞虫从天而降，落到了飞梭的玻璃上，艾极光指着喊道："苍蝇，这么大的苍蝇。"

"嚯——，它跟我的拳头差不多大。"金健一说。

"这跟透过放大镜看苍蝇一样，你看它的两只大触角，看着黏糊糊的，真恶心。"洪海波说。

这只"脏东西"终于飞走了。云翔宇带领大家出舱。艾极光马上去检查飞梭，林悠然则去查看蜻蜓的残体，发现飞梭的机体上还粘着半截蜻蜓的翅膀。艾极光发现发动机里有些已经搅碎的蜻蜓残体。林悠然从中提取了这种巨脉蜻蜓的DNA。然后艾极光开始对飞梭进行清理。

其他队友则巡视四周，他们深知石炭纪的大陆，更加危险，在这如画的风景背后，隐藏着随时可能出现的危险，这些危险除了未知的自然灾害，更多是随时可能出现的怪兽、巨虫，而这些怪兽、巨虫，是在之前的几十亿年里，无法想象的。

一会儿，林悠然就在周边发现了很多种巨虫，有扣子一样大的瓢虫、碟子一样大的蚊子、碗一样大的蝴蝶、盆一样大的蜘蛛、手指一样长的蚂蚁、脚掌一样大的蟋蟀、胳膊一样长的甲虫……让人心生恐惧！

巨型甲虫

最烦人的还是苍蝇，它们在周围飞来飞去，就是为了舔食蜻蜓的尸体，一个个、一群群，发出的刺耳的嗡嗡声，让人烦躁。洪海波"啪啪啪"扇了几下，打死了两只，赶跑了几只。可是，没一会儿，它们又回来了。洪海波继续"啪啪啪"地抽打。

"哥们儿，省点儿力气吧，这东西你能打完吗？"金健一笑着说。

"打死一只，少一只。"洪海波边说，边挥动着手掌。

"这东西就是闻着尸体的气味来的，你打死越多，会招来越多。"金健一说。

洪海波一听，有道理，便住了手。

云翔宇在一边，密切注视着周围的任何风吹草动。这地方应该是刚刚下过雨，手表显示气温是31℃，应该是个闷热的天气。幸好有性能良好的穿越服，才保持了身体的舒适。云翔宇发现飞梭停留的这个地方非常危险，处在一片河滩上，河滩里头是一条不小的河，水流湍急浑浊，他看着天上仍然密布的乌云，意识到上游很可能会暴发下泄的洪水。

想到这里，云翔宇立刻问："艾极光，还需要多久？"

艾极光摇摇头，说："估计半个小时吧，我马上打开发动机盖子，检查一下。"

"要快，我们得尽快撤离，这里不安全！"云翔宇说。

“好的！”艾极光说，随后就爬进了舱内。

“队长，又下雨了！”林悠然说。

云翔宇也发现了，先是零星几滴，不一会儿，巨大的水滴打在头盔上，很快大家的视线都变得模糊。

“进舱，快！”云翔宇说。

“是！”大家依次进入飞梭舱内。舱外的雨越下越大，旁边的河道也开始涨水了，而且涨得很快，里面夹杂着大量从上游冲下来的石块、树木和杂草。

“这是大洪水要来了吧？队长。”洪海波问。

“很有可能，只是不知道山洪流到哪里了，距离我们还有多远。”云翔宇说。

突然，飞梭向着河流的一面倾倒了下去，大家全部摔了个趔趄，云翔宇说：“不好，飞梭着陆的这块河滩要塌了，下面的水流冲刷和水位的上涨使它变得非常松软了。大家坐稳抓紧了，我们必须马上离开。”

还没等驾驶员艾极光进入驾驶舱启动飞梭，山洪就已经从上游狂暴而下了，淹没侵蚀了整个河道，当然也包括这片河滩。飞梭被卷入了洪水之中，在里面与山上冲下来的石块、树枝、杂草等一起翻滚向前，所有队员都在飞梭的摇摆中失去了方向，洪流中石块与飞梭的碰撞声也大得吓人。再这样下去，飞梭恐怕将很快不保，而小队成员也会葬身这里了。

在这危急关头，队长云翔宇想起了飞梭的智能飞行模式，于是努力在飞梭的摆动中抓住了驾驶舱的扶手，艰难地爬到了驾驶舱，迅速按下了智能飞行模式按钮。说时迟那时快，飞梭便切换成了水空两栖模式，发动机带动喷水推进器旋转起来，喷出的水流很快使飞梭“漂”到了洪流水面上，待稍稍稳住了机体，飞梭便自动腾空而起，换成了飞行模式，带领大家脱离了洪流。

“好险啊！”

“是啊，太危险了。”

“吓死我了，以为要葬身水底了呢。”

“洪水好厉害，太可怕了。”

大家七嘴八舌地谈论着劫后余生的体会。而飞梭则变成了一只“雨燕”，在暴雨中优雅地盘旋，等待着驾驶员的进一步指令。

待大家稍稍心安，情绪稳定了下来，队长云翔宇开口道，“大家都还好吧，我们现在需要离开这片雨区，到一片晴朗的地方着陆。”

大家回答：“我们很好，听队长指令。”

于是队长云翔宇，向飞梭发出了口头指令，“飞梭、飞梭，飞出雨区，寻找一片晴朗地带。”

很快，飞梭便在天空中划过一道弧线，摆正了飞行姿势，飞向了远方。待冲破雨幕之时，一下子天地便明亮起来。队员们回头望向那一大团带来暴雨的雨云和那地面上奔流着洪水的大河，都深深地感到了震撼。

“倾盆大雨应该也形容不了这个暴雨的强度吧？”洪海波说。

“嗯嗯，黄河发大水，应该也没这场洪水厉害。”艾极光回应道。

“可不是嘛，生活在这个时期的生物真挺不容易的，比较起来，人类时代的地球算是最温柔的了。”林悠然感叹道。

……

在他们几位交流感受的时候，艾极光和队长云翔宇，则在交接飞梭的操纵和驾驶权限。

艾极光来到驾驶舱，说：“队长，我没事了，我来开吧。”

“你好了吗？头有没有事？”

“没事，刚才就是碰了一下，有点晕。我来吧。”

“好的，一会儿着陆之后，你要继续检查飞梭，刚才又被洪水卷了一下，小心存在故障，一定要彻底清除了，确保我们能安全回去。”

“是，队长。”

这一次飞梭降落在了一片晴朗的开阔区域，这样的地方可真不好找。艾极光驾驶飞梭在一片雨林周边盘旋了三圈才找到。

按照云翔宇的分工，艾极光留下来检查飞梭，其他三人则跟着云翔宇出发去雨林。

这是一片高大的石松林，石松高大挺拔，大都30多米高。还有银杏、鳞木、苏铁和柏树等乔木，灌木还是以蕨类为主。乔木、灌木的树干上，又缠绕着各类藤蔓植物。各类植物高低错落，把这片土地捂得严严实实。而队员们知道，在平静外表之下，隐藏着种种“杀机”。

“大家小心点，要进入森林了。”云翔宇说。

“好嘞，队长，你看我一路上又打死了几只苍蝇蚊子。”洪海波边说，边打跑扑面而来的虫子。

“这里真是昆虫的天堂呀！”林悠然说。

“我可受不了，跟巴掌一样大的苍蝇、蚊子，脚一样大的蟑螂生活在一起，简直是噩梦。”金健一说。

“没事，金健一，这里氧气充足，你在这里生活时间长了，没准也还能长个，长成跟金刚一样大，就能成为这里的森林之王了。”洪海波笑着说。

“呵呵，就怕没长成金刚，就成为巨脉蜻蜓的早点了。”金健一说。

“那边有动静。”林悠然指着左前方，说道。

云翔宇立刻停住了脚步，示意大家停下。只见大约 20 米处，若隐若现有东西爬动，周边的灌木和草摇摇晃晃，并发出沙沙的响声。

“是蛇吗？感觉好长。”洪海波问。

“对，很长，红色的。”金健一说。

“不是蛇，有腿，有好多条腿。”云翔宇说。

“是蜈蚣！”洪海波说。

“不是，是巨型马陆。”林悠然说。

此时，巨型马陆已越来越近，这条大虫子足有三米长，跟人的胳膊一样粗细，身披坚硬的盔甲，头部有锋利的大颚。远看这条马陆，就像一条蟒蛇长出了几百条腿。

云翔宇正在思考要不要让大家撤离。突然，从马陆侧面的树后冲出了一条“怪兽”，对着马陆张口就咬。

“蜥蜴！”洪海波喊道。这条蜥蜴有两米长，外形已非常接近现代蜥蜴。

“是林螈！”林悠然一边说，一边记录这条怪兽与巨虫的信息。

大家原以为马陆没有防守能力，免不了要成为林螈的口中餐。没料到马陆在利用铠甲抵御了林螈的第一轮攻击之后，又使出了自己的撒手锏——盘旋成一圈，只把铠甲露在外边。林螈围着这个变化成圆圈的巨虫，竟然找不到下口的地方，失望地走开了。等了好久，马陆才展开身体，爬走了。一场大战就这样结束了，虫子保住了性命，就算是战胜了捕食者。

洪海波看得张大了嘴，说：“晕，我以为蜥蜴是这里的霸主呢，忙活了半天，竟然一无所获。”

“快走，别一会儿林蜥饿极了，来找我们。”金健一说。

“乌鸦嘴！”洪海波说。林悠然和云翔宇在一旁笑。

“走吧，我们向右走！”云翔宇说。

“我算是看出来了，石炭纪，就是大码虫子的时代。”洪海波边走边说。

“你说得对，洪海波。”林悠然说。

“回去我一定要好好研究研究，它们是怎么灭绝的。为什么后来就变小了呢？”洪海波说。

“好问题，我也在想这个问题。别的生物是整体灭绝，昆虫们是减肥后，继续活下去。”金健一说。

“不，是为了生存，必须减肥。”洪海波笑着说。

“减肥，还是灭亡？这是一个问题！”金健一大笑。

云翔宇顾不上听大家的谈笑，密切扫视着前方，很快发现又有东西在前方爬过来，这感觉跟刚才的马陆如出一辙。

洪海波也发现了，低声问：“队长，又一只吗？”

“有可能。”云翔宇也压低了声音回答。

“不是，这是蜈蚣。”金健一说。大家仔细看，这条“长虫”果然不是长筒形的马陆，而是扁的。它的身长足有3米，身体两侧是密密麻麻的腿。

“队长，快看，那只林蜥又回来了。”金健一说。

云翔宇转眼看去，果然，一只林蜥从左前方杀出来，直奔那只大蜈蚣而去。这应该不是刚才那只林蜥，明显要小得多。蜈蚣没等林蜥张口，就抬起了头，像眼镜蛇一样直立起前半身。待到林蜥扑过来，蜈蚣也立刻摇晃着自己的两只成人胳膊一样大小的触角迎战。这只林蜥在比自己长得多、又高得多的大蜈蚣面前，犹豫了。正在林蜥犹豫之际，蜈蚣却发动了攻击，只见它伸头扑上去，两只触角首先擒住林蜥的脖子，林蜥本能地试图通过翻滚身体挣脱束缚。谁知这正中蜈蚣下怀，它像蟒蛇一样牢牢地缠住了林蜥。这不到1米多的林蜥，被3米长的蜈蚣用身体缠了个结结实实，缝隙处只露出密密麻麻的蜈蚣腿，令人不寒而栗。不一会儿，林蜥就不挣扎了，一场战斗结束了。这一次林蜥送了命，而蜈蚣成为胜利者。

此时，只有林悠然在认真做着自己的工作，其他人都惊呆了——虫子不仅可以抵御蜥蜴的攻击，还可以干掉蜥蜴！

接下来，就是蜈蚣的用餐时间了。

“队长，又一只蜈蚣，那边！”洪海波指着正前方说。

“看来蜈蚣的嗅觉还不错，过来享受免费的午餐了。”金健一说。

只见第二只蜈蚣来跟前，没有任何交流，直接就开始抢夺食物。不一会，第三只蜈蚣、第四只蜈蚣也来了，等到第九只蜈蚣到来时，食物已所剩无几。有两只蜈蚣已吃饱离开了。过了一会儿，又有两只要离开，但朝云翔宇他们爬过来了。

“不对，队长，它们过来了，看来是没吃饱。”洪海波说。

“撤，林悠然，快走！”云翔宇喊道。

大家赶紧回头跑，却没料到蜈蚣爬得如此之快。

“这家伙腿太多，跑得也快。”洪海波边跑边说。

转眼，两只蜈蚣已到身后。云翔宇停下来说：“洪海波，来，让它们尝尝我们的厉害。”

洪海波也站住了，说：“好嘞，队长。咱们的新式武器还没用过呢。”

云翔宇抽出了背后的武器——好像一支手枪。瞄准了扑过来的大蜈蚣，扣动扳机，扑哧——，一团火柱喷向了大蜈蚣，大蜈蚣的触角立刻被火烧焦，转头逃之夭夭。另一边，洪海波也开了枪，打跑了另一只。

“嘿，这火枪真牛。”洪海波说。

“快走，小心更多的虫子追来。”云翔宇说。

“好。”洪海波快步跟了上来。

“队长，快，快来救我们。”是金健一的声音。

云翔宇一看，发现前方的林悠然和金健一正在被一群黑色虫子围攻。“快，洪海波。”二人跑过去。

“是蚂蚁，队长。”洪海波说。看来是林悠然掉入蚂蚁窝了。金健一正试图拉她出来，但是自己也被蚂蚁包围了，这些蚂蚁像桃树叶子一样大，密密麻麻一大堆，压在林悠然身上。多亏穿越服没有被蚂蚁咬破。

“来吧，海波，还得用咱们的武器。”云翔宇说。

“好！开火。”

噗、噗——，两团火焰喷射而出，一团团蚂蚁瞬间便被烧焦，穿越服却将林悠然和金健一保护得好好的。

云翔宇拉起了金健一，洪海波拉起了林悠然。云翔宇说：“兄弟们，蚂蚁尸体还会招来更多虫子的，我们赶紧撤！”

四人一溜烟跑上了等候已久的飞梭。一阵呼啸，飞梭穿云而走！

一群虫子赶来抢食蚂蚁的尸体。

一群巨脉蜻蜓盘旋在石炭纪的天空。

第七集　二叠纪之生物大灭绝

“队长，我觉得我们的火焰枪虽然威力很大，但是射程太短，只能近距离射击。”洪海波说。

“洪海波，你这是不明白我们发明这种武器的初衷了。以我们现在的技术，就是把一片森林的所有动物都杀死，那也不难办到，但是我们能那样干吗？”云翔宇笑着问。

“那当然不能。”洪海波说。

“对，我们的目的是记录和拯救，而不是毁灭。我们只能在保护自身需要时，才能采用轻型武器有限防卫。如果采用重型武器，那么一旦引发森林火灾，造成的损失将无法估量。”云翔宇说。

“明白了！”洪海波点了点头。

实验室的门开了，阿问博士迈着大家熟悉的、沉稳的步伐走向大家。“博士，您好！”云翔宇向博士问好。

“大家好，抱歉！刚才临时查了些资料，来晚了。”博士微笑着说。

“没事的，博士，我们正聊天呢。”洪海波说。

“聊什么了？有没有聊中午要吃什么，洪海波？”博士问道。

“没有，博士，我们聊了聊火焰枪使用中的节制问题，弄明白了它设计使用的初衷，很有收获呢！”洪海波自豪地说。

“哦，那好吧，祝贺你有新的进步，海波。不过，下面我们要回到正题。这次的任务是回到二叠纪，所以要先给大家讲讲二叠纪的情况。”博士和蔼地说，并继续道：“二叠纪开始于2.99亿年前，到2.5亿年前结束，共经历了约4500万年，之后突然发生了生物大灭绝。”

“生物大灭绝？这是怎么发生的？”林悠然好奇地问道。

“嗯，生物大灭绝，地质学家称其为西伯利亚暗色岩灭绝事件，大量物种在这次事件中灭绝了。”博士表情严肃地说。

“西伯利亚？”林悠然皱着眉头问道。

“对，西伯利亚。地质学家研究发现并推测，二叠纪末期的地球与现在的地球有很大不同：整个地球只有一块超级大陆——盘古大陆。盘古大陆一多半是森林，一少半是沙漠。森林里的动植物非常丰富。地表一片繁荣，地下却潜藏着巨大的危机，地幔中充满了熔化的玄武岩，在数十万年中，这些岩浆持续膨胀，终于有一天，爆炸发生了。巨量的碎岩、海量的岩浆覆盖了大陆，持续的燃烧使得二氧化碳、甲烷等温室气体大量排放，地球气温急剧上升，海水蒸发。空气中还弥漫着大量二氧化硫等有毒气体，毒气形成的酸雨污染了土地和河流。动物们无法自由呼吸，也没有足够的干净水源，陆地生物大量灭绝。与此同时，海洋也产生了严重污染并退化，导致三叶虫这种已经生存了几亿年的小动物，也灭绝了。地球由天堂变成了地狱。”博士说完，长叹一声，并说道：“以上结论也是依据现有科考证据的推测，具体情形，还要穿越回去验证。”

大家也沉默了许久。不知道是在感慨大自然的变幻莫测，还是在惋惜三叶虫等动物的离去。

“所以，我们要立即出发，记录这些曾经在地球上生存过的大自然的精灵，并验证它们灭绝的真实情形。”云翔宇说。

“对，更何况，我们人类，也是起源于它们。地球生命，也是在无数次的灾难中，不断诞生、淘汰、适应，才进化至今的。”林悠然说。

二叠纪灭绝

“说得好，记录它们，也就是在记录我们人类自身的历史。”洪海波说。

“洪海波，这是我听你说过的最有水平的一句话。”金健一说。

哈哈哈……大伙发出一片笑声，都纷纷赞同洪海波的发言。

飞梭跨越时空，这次来到了2.7亿年前的二叠纪，如博士描述的一样，二叠纪是个海陆分明的时代。速度降至1000千米／小时的飞梭，在浩瀚的海洋上空飞行了1个小时，竟然还没有发现大陆，连岛屿也没有。

“队长，我们调整一下方向吧，模拟地图显示我们西南方向是大陆。”艾极光说。

“好的，向南调整飞行方向40° 。”云翔宇说。

“Yes sir！”艾极光立刻执行命令。飞梭在空中划出一道弧线，向西南方向飞去。

20分钟后，大陆的轮廓终于出现在了远方。艾极光立刻加大了马力，不一会，飞梭就来到了那片陆地的上空。

“哇，金黄色的大陆，难道是麦田？”洪海波问道。

“又胡说，你是不是还想问农民伯伯在哪里呀？”金健一笑道。

二叠纪景观

“这里应该是荒漠。博士说了，大陆一小部分是荒漠，大部分是森林。”云翔宇说。

“这里的沙砾里面应该含有大量的云母，云母有黄色、白色，在阳光的照射之下，就是金黄色了。”林悠然说。

“林悠然，林悠然，你怎么什么都知道？简直就是我心目中的博士二号。”洪海波笑着说，脸上故意露出敬仰的表情。

“明明是博士在之前讲过的知识嘛！”金健一喃喃道，好像有些不服气。

“金健一，你就是羡慕人家林悠然呗。博士讲过，我怎么不知道。”洪海波撇着嘴问。

“我证明，博士的确讲过。”艾极光插嘴道。

“别多嘴，好好开你的飞机。”洪海波打断了艾极光。

“哼哼，说过多少次了，我是飞梭，不是飞机！”这次竟然是飞梭的声音。

“哈哈哈，洪海波竟然惹飞梭生气了。”艾极光大笑。

在大家的哄堂大笑中，飞梭降落到了荒漠的边缘，前面则是一片森林。一开舱门，洪海波就急匆匆地第一个踏上了这片荒漠，队友们也依次下来。大太阳底下的荒漠一定是酷热的，但有穿越服的防护，大家都全然无感。

洪海波已迫不及待地奔向那片热带雨林。他心想："这次一定要搞一个重大发现，让他们知道我洪海波的厉害。"果然，立刻就有了发现。不远处的前方，影影绰绰，一件大物，趴在地上，一动不动。洪海波立刻跑过去，要一探究竟。云翔宇看见洪海波离开队伍太远，就马上说："洪海波，洪海波，慢点，不要脱离队伍。"

"队长，你们快来，我有发现。"洪海波边跑边喊。

林悠然听见了洪海波的话，同时也看见了那个东西，也跟着洪海波跑了过去："队长，是有东西，快。"

"注意安全！"云翔宇说。云翔宇的话音未落，只见前方冒出一团沙尘，轰隆一声，地面塌下去一个大坑，洪海波和林悠然立刻不见了踪影。

"洪海波——，林悠然——"金健一，艾极光都在呼喊。

"洪海波，林悠然，你们怎么样？"

"洪海波，林悠然，你们在哪里？"

"洪海波，林悠然，收到请回答！"云翔宇一遍又一遍地喊道。

大家都跑到了塌陷坑的边缘，这个大坑不算太深，有20米左右，可是边缘都是流沙。这就是一个大型"沙漏"！云翔宇他们三个试了几个地方，想下去，都差点被不断塌陷的流沙困住。这种地方，只要下去，肯定是爬不上来的。

“洪海波，林悠然，收到请回答！”大家只能不断地呼叫两位失联的队友。

“队长，我是林悠然，我没事，刚摔倒了，头有点晕而已。可是，周围怎么都是黑的？我动不了。”

“你被埋在沙里了。不要太用力，小心受伤，一点一点挪，试一试。”云翔宇说。

“好的。”林悠然说道，一边尝试抽动自己的腿和手臂，可是很难，不断有沙子流下来，重新压在林悠然身上。

时间一分一秒地流逝。云翔宇不禁有些着急，虽然目前他十分确定，有穿越服的保护，洪海波和林悠然都不会受到严重的伤害，但是如果一直救不上来，穿越服的生命维持系统失效，他们也会葬身在沙坑里的。

这时，艾极光说：“队长，我们可以让飞梭带我们下去。”

云翔宇想了想，说：“好，艾极光，你快召唤飞梭过来。我们准备下去，用工具开挖。”

“好。”艾极光立即去召唤飞梭。

“队长，你看，有动静。”金健一指着坑底，喊道。

云翔宇定睛一看，只见坑底的沙子下面，有东西在蠕动，先是冒出一块骨头一样的东西，然后骨头越冒越多，冒出了一副骨头架，最后竟然出现了大家再熟悉不过的穿越服。

“是洪海波。”金健一喊道。

“洪海波，洪海波，我们看见你了。你还好吗？”云翔宇急切地问道。

“没事，队长，我好得很。刚才小睡了一会儿。多亏有了这副骨头架，我才没有陷下去。”

“好，我们马上想办法救你。”云翔宇说。

“别，队长，你们千万不要下来，这个坑还在塌陷，谁下来都会陷进去的。”洪海波说。

“好的，洪海波，飞梭马上就到。一会儿让它拉你上来。”

“没问题，队长，而且我看见林悠然的位置了。我来救她。”洪海波说。

“好样的，洪海波，你尽量确保你俩不陷进去，然后等待救援吧。”云翔宇说。

只见洪海波慢慢地爬出了那副动物骷髅架子，向不远处蠕动的沙包方向爬去——不能站起来，站起来会很快陷进去的——洪海波确信，那一定是林悠然在底下。果然，林悠然的一只手首先伸了出来。洪海波慢慢爬过去，拉住了那只手：“林悠然，林悠然，你没事吧？”

丽齿兽骨架

“我没事，只是动不了。”林悠然说。

洪海波抓住林悠然的手腕，试着把她拉出来，可是压在林悠然身上的沙子太多了，根本拉不动。洪海波只好徒手刨沙，刨了半天，也只看见了林悠然的手臂。洪海波又试了试，还是拉不动。

“林悠然，等我，用我的新家伙！”洪海波说。

“嘿，洪海波，想不到，这次的新武器先用在我身上了！”林悠然笑着答道。

“没事，我不会向你放电的！”洪海波笑着说。于是他抽出了缠在腰间的新武器，这东西几乎就是一根跳绳，只不过只有一个手柄。洪海波握住手柄，朝着林悠然的手臂，摁了一下按钮，只见这条绳子像蛇一样，缠住了林悠然的手臂。

洪海波觉得差不多了，于是对林悠然说："来，林悠然，我喊一二三，我们一起使劲。我用力往外拉，你使劲往外爬。"

"好！"林悠然说。

"一、二、三……"洪海波一边喊，一边用尽全力往外拉。林悠然也同时试图往外爬，直到觉得受不了："不行，疼，疼！"

洪海波立刻停下，没办法，不能再用力，不然林悠然会受伤的。洪海波只好呼叫云翔宇："队长，队长，我已找到林悠然，她被埋得很深，拉不出来。"

"好的，海波，飞梭已到，我们马上下去。"云翔宇回答。

"好的。"洪海波边回应边继续挖沙子。不一会儿，飞梭就旋停在了洪海波的头顶上方。洪海波立刻喊道："队长，快，我们在这里。"云翔宇和金健一利用坐飞梭上的绳梯下到了坑底，随身带了三把铲子。金健一将铲子交给洪海波一把，三人马上开始挖沙。

"林悠然，你坚持一下！"云翔宇说。

"没事，队长，我能坚持。"林悠然说。

一下、两下、三下，挖呀挖呀挖。很快，林悠然的脑袋露了出来。大家都松了一口气。金健一将林悠然头盔上的沙土擦了擦，这下林悠然可以清楚地看到大家。洪海波喊道："继续加油！"

"加油！"

待到林悠然的肩膀整个露出来时，大家一起用力，终于将林悠然救了出来。

"林悠然，你怎么样？"云翔宇问道。

"没事，身体有点麻木。"林悠然轻轻地说。

"起来活动活动就好了。"金健一说。

"来来来，跟我们一起爬两圈。"洪海波笑着说。

"快走吧！来，林悠然，你先上绳梯！"云翔宇一边说，一边要和金健一扶林悠然上绳梯。林悠然一扭头，看见了不远处的动物骨架，说："咦，那是丽齿兽的遗骸，这家伙可是号称'二叠纪的野狼'哩！"

"哦！刚才全靠它，我才没有陷进沙坑里。"洪海波一边说，一边向那具骨架拱了拱手。然后才攀上了另一个绳梯。

云翔宇拍了拍洪海波的肩膀，对洪海波的举动表示赞同，最后一个登上了绳梯，向艾极光发送信号："艾极光，艾极光，收绳梯！”艾极光立即回道：“收到。”飞梭将队友们都拉上了舱内。

经过短暂的休息，大家都恢复了体力。林悠然和洪海波都表示没有问题。云翔宇才说：“艾极光，可以降落了。”

“好的，队长。”

“队长，你看，前面有大场面。”艾极光说。

大家都定睛往前方看，只见前方的灌木丛中，一只怪兽正在追逐另一只怪兽。

“丽齿兽，后面那个就是丽齿兽，这家伙跑起来时速能超过 100 千米，比猎豹还快。”林悠然兴奋地说。

“前面像牛一样的东西是什么？”洪海波问。

“看起来像一种二齿兽。”林悠然回答。

“二齿兽太笨重了，明显跑不过丽齿兽。”金健一说。

剧情果然如金健一所说，丽齿兽很快追上了猎物，利用自己锋利的犬齿紧紧咬住了二齿兽的脖子……

“非洲大草原上的故事，原来在这个地球上上演了几亿年了。”洪海波感慨道。

“生存法则而已，竞争促进进化，适者生存，否则就被淘

二叠纪动物群

汰。就像刚才你遇到的丽齿兽遗骸。它没准就是因为找不到食物，而被饿死的。”林悠然说。

“丽齿兽，算得上这个时代的顶级捕食者了吧？”金健一问。

“是的，它一般能长到 2 米，重 200 多千克，关键是它奔跑速度快，犬齿锋利。”

“走，我们下去看看。洪海波，做好战斗准备，这里的怪兽，可绝非善类。”云翔宇说。

“好嘞，不过刚才连这里的百兽之王——丽齿兽的遗骸都能救我，希望它的同类们能对我们友好一些。”洪海波笑着说。

二叠纪雨林

哈哈哈……大家笑着走出了飞梭，重新走向雨林。刚才那只丽齿兽已进餐完毕，吃饱了的野兽，根本不在意云翔宇等这些陌生来客。林悠然趁机拍了好几张照片。

雨林里的植物异常丰富，高大的乔木和各种类型的灌木组成了茂密的森林。有一种科达树，树干有 1 米粗细，高达 30 米，树叶都将近 1 米长。还有同样高大的鳞木、封印木。它们共同占据了雨林的顶层空间。灌木大都是羊齿类和楔叶类，其中的大羽羊齿很有特点，叶子特别大，与滴水观音的叶子大小一般。那些大家熟悉的各种虫子——不过体型都没有石炭纪那么大，有的在森林里飞来飞去，有的在土里爬进爬出。没完没了的苍蝇，依然惹得洪海波心烦。

正走着，前面的洪海波报告说：“队长，前面有个湖。”

“哦？大家停住，在这里看看。”云翔宇说。他相信，在水边，一定有动物出没。

云翔宇猜得没错。他们马上发现有一群二齿兽或爬或卧或躺在湖边，在岸上晒太阳。虽说是一群，但看起来不一定是一个家族或族群。因为它们的体型、外貌均有差异，大的如牛一样，小的像兔子一样。但它们有一个共同点，就是只有上颌长了一对巨牙。

“可惜了两颗大牙，还是抵不过丽齿兽的进攻。”林悠然边拍边说。“咦，那边还有两只水龙兽。”

二叠纪沼泽

（1888 年彩色平版版画）

“是，那两只，又跟二齿兽不一样。”洪海波说。

只见水龙兽跟柯基犬差不多大小。与现代的狗大小相当。它们也长了一对长牙，但眼眶很特别，很高，几乎直达头顶，像河马一样。可以说是迷你版的河马啦。

“大家看，那边也有动物。”金健一喊道。

“三叉棕榈龙！”林悠然说。

“恐龙吗？一点都不像啊！”洪海波说，“倒是像狗，像猫，像臭鼬……，但是，这爬行的样子还是更像爬行动物。”

“对，你说得有道理，它就是一个向哺乳动物过渡的类型，

水龙兽

身体上已经长了毛发，可是仍是卵生。”林悠然说。

原来有三只三叉棕榈龙，它们就在湖边的草丛里爬来爬去，寻找食物。

“我觉得它们还蛮可爱的，如果有个这样的宠物，那简直太酷了！”金健一说。

突然，一个二齿兽疯狂地叫起来，然后第二只、第三只……，所有二齿兽、水龙兽和三叉棕榈龙都开始大叫、奔跑，有的游进了水里，有的钻进了洞里，有的跑入了森林里……

“丽齿兽！那边！”洪海波喊，指着湖的东侧，森林里跑出一只丽齿兽。

“两只！”艾极光也喊道！原来还有一只，从东南侧杀出来。这怪兽，都已经懂得相互配合捕猎了。

“快撤！这两只肯定饿着肚子呢！”云翔宇说。

大家赶紧跟二齿兽一样，向森林里跑去。森林里许多昆虫都被惊起，原本安静祥和的森林立刻变得气氛紧张。丽齿兽的速度没有动物能够与之匹敌。那些行动相对笨拙的大型二齿兽，在森林里想与丽齿兽竞速，是不可能的。没一会儿，一只落后的二齿兽就沦为了那两只丽齿兽的盘中餐。

云翔宇发现丽齿兽没有再向自己和队友们追来，就吩咐大家放慢了脚步。

“唉，又一番杀戮！”金健一说。

“都说了嘛，食肉类、食草类，进化的两种结果，相生相克，哪一类太多了，自然生态都会不稳定的。可惜了我们的新式武器，还没有用武之地呢！”洪海波说。

“嘘，又一只，那边！”林悠然指向大家的左前方。果然，前方30米左右，又一只丽齿兽，显然是闻到了猎物的味道，赶来抢夺美食。

“好家伙，这只可真大，跟非洲狮子一样大了。它是兽王吧？”艾极光说。

“悄悄走，别惊动他！”云翔宇吩咐大家。

可是，5个陌生物种出现在森林中，还是惊动了这只丽齿兽王。它改变了行进路线，向云翔宇他们追来，大嘴呼哧呼哧喘着粗气。

虽然大家极力飞奔，都已经到了森林边缘，已经看见了飞梭，但还是被这只怪兽追上了。好在云翔宇早有准备，他命令道：“洪海波，准备迎战。”

“是，队长，你瞧我的吧！”洪海波抽出自己的武器——雷电鞭，这是洪海波自己给它起的名字，因为他觉得它原来的名字“软绳鞭”不够酷！云翔宇也抽出了自己的软绳鞭。两人拦在了队伍和怪兽之间。丽齿兽看见二人，毫不犹豫，立刻就扑向了云翔宇。没等云翔宇出击，洪海波就在后面甩出了他的雷电鞭。啪！这下这根鞭子可是发挥了十成的威力，牢牢地将这怪兽的两条后腿捆在了一起。咚！怪兽重重地摔在地上，死命地挣扎，啊啊地叫着，叫声像驴，也像鸭子。云翔宇立刻甩出自己的软绳鞭，捆住了怪兽的嘴巴，以防它召唤来更多的同伴，那可就麻烦了。

林悠然等人也围了过来，马上开始记录这只大怪兽的数据。

“洪海波，我给它放点电，让它睡着，你再松开，不然它还会追咱们！”云翔宇建议道。

突然，金健一说：“队长，不好，它的大部队来了。”只见，从树林里各个方向，杀过来十几头丽齿兽，一个个气势汹汹，好似要拼命。

“快撤，你们先撤，洪海波，松开吧，撤！”云翔宇将怪兽电倒，自己跟着队伍撤退了。

好在艾极光已召唤来了飞梭，云翔宇刚上了飞梭，一头丽齿兽就扑了上来，云翔宇回身一鞭，电倒了这一只。在其他怪兽犹豫之时，飞梭欻一下，飞上了天空，逃离了这片危险的区域。

那群怪兽纷纷仰天狂叫，用它们的怒吼声送走了这帮不速之客。

另外一片树林，几只体大如牛，笨拙的冠鳄兽正在安详地进食、休息……

冠鳄兽

第八集　三叠纪之曙光初现

2亿年前的三叠纪晚期，阳光和煦，微风轻拂，气候温暖，到处展现着生机。绿意盎然的田野上，大片的蕨类仍然在随风轻轻摇曳，长着短叶片的贝尔瑙蕨和长着长叶片的拟丹尼蕨为最多，还有很多各具特点的新芦木、紫萁、星囊蕨和马通蕨。裸子植物的大量出现，更使大陆增加了不同层次的绿色：肋木由于其耐旱性，生长在干旱地带；苏铁生长在湿润的较低洼地带；尼尔桑生长在平原和丘陵；银杏遍布于低山；松柏在高山随处可见。这些种类繁多的植物，使眼前的重峦叠嶂，苍翠欲滴。

“好漂亮的景象呀！”艾极光不禁感叹道。

“是呀，你看，这到处都是热带雨林，怎么这么多森林？”洪海波问。

“不对，不仅是热带，地球的大陆到处都是森林。”林悠然说。

“大家看，那片金黄色，应该是银杏林吧？”金健一问。

大家一起向飞梭的左前方看去，只见漫山遍野的金黄色，铺满了那片陆地，尽管是在高空俯瞰，还是能感受到它的壮观。

“是的，是银杏。这么一大片银杏，应该处在我国的北部。”云翔宇说。

“银杏可是我国的特有树种，号称植物界的大熊猫呢。”林悠然说。

“这我也知道，小学课本都学过了。”洪海波不屑一顾地说。

林悠然笑着说：“呵，洪海波！你可真是个大聪明。来，我来考考你，你看银杏在三叠纪普遍存在，那么它是什么时候开始成为我国特有的物种的呢？”

“这个——，侏罗纪？白垩纪？”洪海波挠挠头，开始陷入了迷茫。

“呵呵，这个有点难了。”云翔宇微笑着说。

金健一看了看洪海波，又环视了大家的表情，得到云翔宇的点头示意后，说：“我知道，是第四纪冰川之后，银杏开始大量死亡，只在中国局部地区存活了下来。”

“完全正确！”林悠然说，“洪海波，只知其一、不知其二了吧？这次博士的讲座又没有好好听吧？”

“谁说的，我从头听到尾了，只不过中间走了会儿神。因为我一直在想，如果像博士说的，三叠纪晚期已经出现了恐龙，那我们这次的武器，到底能不能战胜这些大家伙。”

“不，洪海波，战胜恐龙不是我们的首要目的，我们是要记录恐龙。我们是科研人员，不是战士。”金健一说。

“不，我首先是战士，我的首要职责是保护你们的安全。”洪海波抬高了嗓门。

“别说了，大家快看，恐龙来了。”艾极光喊道。

“是风神翼龙，它向我们飞来了！”金健一说。

只见正前方迎面飞来了一只“大鸟”，头小、嘴尖而长，翼展足有6米，虽然比飞梭小得多，但是以它的速度，如果和

风神翼龙

飞梭正面相撞，那必然是“鸟”毁梭伤。

“发射驱逐信号，赶走它！”云翔宇命令艾极光。

“是！”艾极光打开了驱逐信号发射器，发出了驱赶信号。这种信号是一种融合了声波和光波的技术，能够使飞行动物将飞梭识别为无生命的障碍物，提前做出预判，避免相撞。

只见那只风神翼龙，立刻感觉到前方有障碍物，马上调整了方向，绕过飞梭，飞走了。

虚惊一场之后，飞梭继续前行。云翔宇明白，三叠纪的地球大陆是一个整体，而大陆中部是一片荒漠，寻找生物的价值不高。因此，他吩咐艾极光逐步降低飞行高度，寻找一片山间平原，然后缓缓降落。飞梭着陆的地方，气候温暖而湿润，在郁郁葱葱的森林中，小溪潺潺流淌，局部平缓处溪水汇聚成潭池，清澈见底的水面上，倒映着蓝天白云和婆娑树影。

洪海波禁不住打开了面罩，深吸一口这富含负氧离子的清新空气，顿时感觉无比的舒坦，浑身每一个细胞都似乎在扩张，充满了力量。

“队友们，我感觉到我在生长！”洪海波陶醉道。

“洪海波，你该不会一会儿又氧中毒了吧？”金健一调侃道。

“我还好呀，哪有那么敏感？”洪海波回应说。

“洪海波平时锻炼多，身体肌肉含量高，机能强，对外界刺激敏感也属正常。”林悠然一本正经地说。

“这么说，有洪海波做我们的保安队长，我们非常放心喽。”金健一笑着说。

“是啊！大家别忘了，除了身体素质，洪海波可是全军十项全能总冠军呢！”艾极光说。

“可惜了，在这里基本没有用武之地呀，枪炮不让用，我的射击天分，无法发挥呀。”洪海波苦着脸说，露出一副无奈的表情。

“我们是在科考，不是在打仗！”林悠然说。

“是是是，副队长大人。”洪海波朝林悠然做了个鬼脸，说：“队长说过多少遍，用你说！”

云翔宇笑道：“洪海波，这次一定会有你大显身手的机会的，带上两架无人机，你和艾极光分别操作一架。”

“好嘞，队长，您就瞧好吧！无人机这一项，我虽然比不了艾极光，但是我的成绩也是优秀哦！队长，您说，具体什么任务？”洪海波好奇地问。

“大家瞧瞧洪海波谄媚的样子，称呼队长一句一个‘您’。”金健一说。

“你懂不懂，我这是谄媚吗？我这是听到有任务，激动。”洪海波争辩道，一边转头向着云翔宇，笑着说：“队长，您说！”

云翔宇开始部署行动方案：“由于三叠纪的爬行动物在数量和体型上已经非常大，所以我们贸然闯入，会非常危险。你们先用无人机探查一下，我们再择机进入。这样，从这个山头下去，洪海波向左，艾极光向右，控制飞行高度500米到1000米，同时发射干扰信号，防止翼龙的撞击。一旦发现动

三叠纪陆地动物群

物群落，我们立刻前进。”

“是！”艾极光、洪海波同时答道。

“嗖！”两台无人机几乎同时飞向了天空，向着既定目标飞去。这是两台体感操控无人机，通过头盔与人类眼睛实现方位和影像连接，实现无手柄操控。头盔内嵌有微型摄像头和感应器，可以捕捉操作者的头部动作和视线方向，再通过算法将这些动作转化为无人机的操控指令。与此同时，无人机配备的高清摄像头会将实时拍摄的影像传输到头盔内置的眼镜上，从而可以第一视角观察周围环境。

在动力系统方面，无人机装备了高效能的电动马达和螺旋桨，提供了稳定的飞行动力。此外，它还配备了先进的导航系统，包括多系统定位模块，会以飞梭为原点，定位自身的相对位置。配备了惯性测量单元和气压计等传感器，确保无人机在各种环境下都能精准定位和稳定飞行。

无人机在 1000 米高度以时速 80 千米飞行，不一会儿，洪海波就有了发现，只见自己的眼前出现了一片开阔地，高地、山脚、平原上依然有大片的森林，但远方的森林被一条大河拦腰斩断，河谷从高向低逐步开阔，呈喇叭状，下游两岸是大片的灌木和草地。大大小小的动物斑斑驳驳、星星点点地出现在了洪海波的镜头里。这分明就有地球霸主——恐龙嘛，洪海波禁不住惊呼出来：“哇，有恐龙！”

毫无疑问，这是一个历史性的时刻，洪海波成为第一个见到活体恐龙的人类。

“好，我们向左前进。洪海波，你继续搜索，一旦发现危险，马上报告。”云翔宇命令。

“放心吧，队长。”洪海波答道。

“艾极光，你的无人机也向左边移动，与洪海波相距 1 千米并列前行。一旦有情况，马上报告。”

“是，队长。”艾极光立刻调整飞行方向，向洪海波的无人机靠拢。

“翼龙又来了，小心，洪海波！”艾极光喊道。他的镜头里出现了几个黑点，渐渐地变大。那是几只翼龙，正向艾极光的无人机飞来。艾极光边向洪海波报警，边调低了无人机的飞行高度。

“来吧，哥们。”洪海波一边说，一边定睛向前看，他还没看见翼龙，但是他发现有几个黑点在自己的右前方，距离一两千米。

“艾极光，它们是向你飞去的。小心。”洪海波说。

“明白，我已调低飞行高度，目前高度 500 米。”艾极光回答。

“好的，我也准备调低。”

“海波，小心啊，翼龙已转向你那边，应该是感受到了我的无人机干扰信号了。”

“哦了，让他们也尝尝我的电磁波的厉害。”

突然，艾极光看见领头的翼龙改变了飞行方向，朝上方飞去，避开了自己的无人机。但是后方几只翼龙没有向上飞去，而是四散开来。其中两只直奔洪海波的无人机而去。洪海波这时也已经看见了，马上继续降低飞行高度。谁知其中一只翼龙还是向自己飞来，好像就是冲着无人机来的。

“我晕，这大鸟，不怕死吗？”洪海波惊讶道。翼龙眼看就要撞上无人机了，可是自己已经发射了最强的干扰信号。无奈，洪海波只好继续降低无人机飞行高度，再看左前方已经是森林的树梢。说时迟、那时快，在那只翼龙掠过来的瞬间，洪海波操作无人机直降了 20 米，躲过了第一波攻击。洪海波停止了向前，只敢在空中盘旋，以防撞树。那翼龙却折回头，又来第二波攻击。

“队长，这大鸟没完没了，请求发射激光。”洪海波说。

“不行，这里有大片森林，一旦打到树木上，容易引发火灾。”

“队长，我有办法，我将大鸟引到高空，洪海波从下向上射击，就不会打到树木上了。”艾极光说。

“好，就这么办。开始行动！”云翔宇命令。

“这下我开枪的机会来了。”洪海波笑嘻嘻地说。

只见艾极光的无人机，呼啸着朝那只翼龙飞去。翼龙早已发现，掉头向艾极光的无人机飞去。艾极光本就是驾驶各种机型的顶尖高手，轻而易举就将翼龙吸引到了远处，然后，放慢了飞行速度，等翼龙靠近。

“准备开枪，洪海波。”艾极光说。

“早准备好了，哥们儿。你躲开一下，离开大鸟 1 米就行。”洪海波已经开始瞄准并追踪大鸟了。

“好嘞，我数三个数。你开枪。”艾极光说。

“哦了！”

“3，2，1”，说到 1 的同时，艾极光调低了无人机高度，无人机几乎瞬间掉落了 30 米。在这同时，“biu”一缕白光射向了那条翼龙，大鸟正准备调整方向，追逐无人机，却突然感到脖颈一阵灼烧，甚至都没来得及叫一声，就直线坠落了下去，挂掉了几根树枝后，重重地落在了树丛里。

不一会儿，队员们就赶到了事故现场，两台无人机仍在空中盘旋，监视着附近的情况。

“快点吧，林悠然，再不去，那只翼龙就被怪物吃光了。”

犬颌兽

在镜头里，洪海波发现有一只猫一样大小，有胡子但长得像土狗的动物，跑到了大鸟尸体旁边，嗅了一下，就立刻开始啃食。

这时，林悠然已经看到了这一状况，说："是只三叉棕榈龙"。林悠然离那只三叉棕榈龙足够近，并做了基因录取工作。

"我们在二叠纪见过它，这小东西生存能力还挺强！"洪海波说。

忽然，云翔宇说："大家小心，有几只犬颌兽过来了，这是一群危险的家伙。"只见这些犬颌兽急匆匆向翼龙尸体赶来，撵跑了那只三叉棕榈龙，开始大快朵颐。

"别小看这些家伙，它们身长虽然只有 1 米，却能猎杀比自身重数倍的二齿兽。"林悠然边工作，边轻声说道。

翼龙本就没有多少肉，不到 10 分钟，就被这群犬颌兽瓜分完毕。这帮怪兽用餐之后，立刻奔向森林远处，没有关注陌生的人类来客。

森林、草甸和沼泽地里，到处都是奇形怪状的爬行动物，有体长约 3 米，水泥灰色，头大嘴厚牙长，体态笨拙，成群生活的肯氏兽；有 2 米多长，具有鹦鹉一样角质喙的恐齿龙兽；有早期哺乳动物、老鼠一样的摩尔根兽。

有短尾巴、三角形头的前棱蜥；有 5 米长的大家伙——四肢短粗、牙齿锋利的引鳄；有身长 4 米，身体细长，小脑袋上长了两只犄角的犄龙；有种叫角鳄的怪兽，体长 4 米，尾巴较长，四肢短小，身披甲胄，犄角向身体两侧生长，对称分布，两侧各 3 个，1 长 2 短；有种兔鳄，既不像鳄鱼，也不像兔

恐齿龙兽

子（除了奔跑速度快这一点），倒像身体瘦削，尾巴、腿细长的蜥蜴；有种通体呈绿色的三棱龙，酷似大号的变色龙，身长2米多，应该不会变色（这种体型用不着变色这种伪装手段）；有种像豪猪一样，肩膀上长着一排针状物的恩吐龙，口鼻似猪，体型比现代野猪稍大，以各种树叶、野草为食，可能是野猪的祖先；有波斯特鳄，约6米长，长相似霸王龙，但前肢更长，可四足行走，常常躲在森林或草丛里伏击猎物，但它跑得不快；有现代飞蜥的祖先——孔耐蜥，半米长，四肢间长有皮膜，擅长在林间滑翔。

“我就好奇，为什么我们的干扰信号，对那只翼龙不起作用呢？”洪海波问。

“有些动物耐受力强，有几种可能性，比如基因突变或者

后天刺激导致的个体差异，发情期性激素分泌造成的机能紊乱，等等。”林悠然说。

“凡事总有例外，看来我们的技术并不是万能的啊！”洪海波感慨道。

“探索无止境！”金健一也感叹道。

“是呀，我们此行的任务，还有一个重点目标，三叠纪海洋霸主——鱼龙。”洪海波说。

“这里离海不太远，我们乘坐飞梭，应该很快就能到达。”艾极光说道，并经过队长的点头默许后，立刻召唤了飞梭。

果然，飞梭向东飞行了大概十分钟，就看见了蓝色的海洋，海岸线绵延不断，海面靛蓝，没有尽头。艾极光降低了航速，并搜索着开阔且平缓的海滩准备降落。突然，他发现前方海岸有几只黑色的物体。它们明显不是石头，更像几条大鱼。他喊道：“队长，下面有发现，海岸上好像是几只大型动物。”

大家马上一起好奇地向窗外看。金健一坐在最后端，离窗户远，根本看不清，急得直跺脚，只好忙着问大家：“哪呢？哪呢？什么东西？”

“好像是大鱼，队长。”林悠然说。

“我们下去看看。”云翔宇说。

“是！”艾极光答应一声，随即开始降低高度。随着飞梭离那几个“物体”越来越近，大家终于确认了，就是三条“大鱼”。

“是大白鲨？你看它们流线形的身体，这么大，就像是大白鲨。”洪海波说。

“这里没有大白鲨。这就是鱼龙！”林悠然肯定地说。

“啊，鱼龙，这就是我们要找的鱼龙。”金健一抢了话。

“哦？得来全不费工夫呀。它们自己上岸来找我们了。”洪海波笑道。

顷刻间，飞梭已经停稳在了岸上。那些鱼龙（或者大白鲨）就在不远处。

刚一下去，洪海波就抢到了第一个，飞奔了过去。

“慢点，洪海波，小心。”云翔宇喊道。

很快，洪海波就到了一条大鱼面前。只见那条大鱼张开血盆大口，露出了满嘴的尖牙。那嘴大到足以把洪海波整个吞进去，那些牙齿竟然像成人的胳膊一样粗细。洪海波立刻停住了，后退了几步，身上的冷汗都冒出来了。洪海波定住了神，发现那条大鱼并没有追过来，这才放了心。

云翔宇和林悠然也赶了上来。洪海波马上说：“队长，它还是活的，刚才差点咬到我。”

“看见了，队长让你小心的。”林悠然笑着说。

“我不是急着想看看到底是大白鲨还是鱼龙吗？”洪海波说。

“这就是鱼龙，大白鲨一般最大能长到 8 米，你看眼前这只，最小但也有 10 米，那两只足有 15 米。大白鲨头部呈三角形；而鱼龙更像海豚，有个很尖的吻。大白鲨尾巴小，鱼龙长——这点不同于海豚；最关键的是，不同于鱼类只能用鳃呼吸，鱼龙除了用腮，还可以用肺呼吸。”林悠然说。

“林悠然呀，林悠然，你就是我们的移动图书馆，讲得太清楚了。”洪海波兴奋地说。

洪海波的夸赞使得林悠然挺不好意思的。林悠然刚想谦虚两句，只听金健一喊道：“队长，你们快来，这一只好像已经死了。”

大家闻声，立刻飞奔过去，只见最大的一条鱼龙，躺在沙滩上，已经一动不动。

“它死了。”林悠然看了看，说道。

“另一只呢？”云翔宇问。大家马上去看最后一只。只见那只鱼龙还在大口大口地喘着粗气，没有死去，但身体明显已经很虚弱。

“队长，它们这是搁浅了吗？是像鲸一样，因为磁场问题，迷路了吗？”洪海波问道。

“它们不是可以用肺呼吸吗？”艾极光说。

“但是它们也不能在岸上坚持很久的。”林悠然说。

金健一瞪大了眼睛，说：“它们应该是一家三口吧，爸爸没了，妈妈和孩子不愿意离去？”

没有人能够回答这个问题。艾极光说：“兄弟们，我们得把它们送回海洋，海洋才是它们的家。”

“对，应该送它们回家。”林悠然说。

“用我们的软绳鞭。”洪海波说。

“用软绳鞭不行，它们体重太大，用这么细的绳捆住很容易拉伤，最好找点木棍、木板给垫上。”云翔宇说。

大家于是在海滩附近找了几根枯木，以及一些很长的树叶，把树叶垫在里面并用枯木围住鱼龙的尾部，这时洪海波抽出了他的“雷电鞭”，使用它的自动捆绑功能，引导安全绳将鱼龙捆了个里三层外三层。最后再将安全绳的另一头系在飞梭的起落架上。

确保万无一失后，云翔宇向艾极光发出指令：“启动！”

艾极光立刻开启飞梭，贴着水面向海里飞行。待到达深水区，洪海波便用“雷电鞭”缠住安全绳的松开绳头，一拉，便把捆住鱼龙的安全绳解开了，小鱼龙即挣脱束缚游进了海里。望着被救的小鱼龙，林悠然不由得流下了幸福的泪水。洪海波也向小鱼龙挥手告别。

如法炮制，那条活着的大鱼龙也被救下了水。

大功告成，队员们终于松了一口气，准备收工回家。但是艾极光突然发现，那两条鱼龙没有游走，还在附近徘徊，貌似还要向岸边游动。云翔宇他们也听到了那两条鱼龙的嘶鸣声。

三叠纪海洋霸主鱼龙捕食

“这是怎么回事？”洪海波问道。

“这是因为离不开这位死去的亲人吧。”林悠然说道。

“想不到，怪兽也有亲情啊。”金健一说。

“这大概是所有生命都要面对的最美好但又最伤心的事情。”云翔宇说。

艾极光说：“队长，我们走吧，生离死别，我们不能干涉太多。”随后，飞梭在一阵轰鸣声中远去，只剩下那两只鱼龙依然在近海处哀叫，声音响彻三叠纪灰暗的天空。

第九集 侏罗纪之巨兽时代

侏罗纪，联合大陆开始解体，特提斯洋将南北大陆分开，环赤道洋流形成。飞梭穿梭在两个大陆的上空。

“说实话，这次侏罗纪之行，很让我失望哎！”坐在飞梭中间位置的洪海波第一个说话了。

“又怎么了？洪海波！”对面的林悠然问。

“这可是侏罗纪呀，谁不知道，这是恐龙的时代呀！可是你看，我们看到了什么？区区几种恐龙，又小得可怜，最大的不过7米。”洪海波说道。

“那你还记得那7米长的恐龙叫什么名字吗？”金健一问道。

“当然，叫弯龙，脑袋小得可怜！”洪海波回答，眼神里透出一丝不屑。

“我对那个法布龙印象挺深的，比弯龙可爱一些。”艾极光说。

“他俩是近亲，一丘之貉！”洪海波说，显得更加不屑。

“哟，有进步，都会用成语了，洪海波。可是‘一丘之貉’用到这里不合适吧。”金健一笑道。

“我觉得这次旅行还好呀，我就喜欢那几种小恐龙，你看只有约 1 米长的莱索托龙、异齿龙、皮萨诺龙，个个小巧玲珑，全靠灵活，才能躲避天敌。”林悠然说。

“呵呵，笑死！长得跟火鸡一样大的恐龙，竟然还有人喜欢。这次要不是看见几只双脊龙、冰脊龙，还算有点攻击性，我真是白来了。这俩家伙，头上长了鸡冠一样的东西，竟然还挺厉害。”洪海波叹道。

皮萨诺龙

冰脊龙

“洪海波，你躲得远远地看，当然觉得无所谓。这是站着说话不腰疼，那可是两个高 6 米的残暴巨兽。”林悠然说。

“我，我的意思是说，面对这种体型的家伙，咱们的新装备，恐怕没有用武之地了。”洪海波解释道。

云翔宇打断了正想说话的林悠然，说：“洪海波，不用着急，我们的侏罗纪之行，才刚开始。要知道恐龙时代是从 2 亿多年前到 6500 万年前，我们才去到了 1.9 亿年前而已。”

洪海波点了点头。没有人再接话。飞梭，嗖地向 1.7 亿年前的古大陆穿越而去。

不知道过了多久！大家都在座位上睡着了，只感觉飞梭已开始减速。

“快看，侏罗纪战场！”艾极光喊道。

“啊！哪儿呢，哪儿呢？”洪海波第一个问道。

“左前方！”艾极光回答道。

大家立刻都朝左前方看去，坐在舱部中间的洪海波，急得伸着头，几乎贴在金健一身上，向窗外望去。

“哇，前面跑的是什么龙？”

“这要大得多了。你看那脖子！”

“准备降落，去看看！”云翔宇对艾极光说。

“是。”艾极光答道，马上将飞梭降到了离地 500 米的高度。这个距离看得很清楚了。

“最大的那几只是鲸龙，它们能长到 18 米长。后面跑的是蜀龙，12 米长。追击它们的是斑龙，10 米。”林悠然一一说道。

“鲸龙那么大，这种体型，根本不用跑吧！”艾极光说。

“可能是植食性动物的习惯吧！”林悠然说。

“我看那只蜀龙危险了！”洪海波说。说时迟那时快，斑龙已经追上了蜀龙。没想到，蜀龙突然抬起了尾巴，重重地砸向了斑龙的脑袋。只听到一声闷响，咚——，好像是两块巨石碰撞的声音。

蜀龙

大家这才注意到，蜀龙的尾巴上，竟然长有石块一样的尾锤，甩起来就是一把巨型流星锤。好在斑龙的大脑袋有将近1米大。虽然被砸了一下，可是斑龙并没有倒下。而是立刻咬住了蜀龙的尾巴中部。蜀龙强忍剧痛，仍旧甩动尾巴，这下击中了斑龙的颈部。斑龙嗷一声，松开了口。蜀龙趁机逃跑，边跑边甩动着它的“流星锤”。斑龙停住了脚步，没有再追，摇摇头，晃晃脖子，看了看不远处巨大的鲸龙，可能觉得更不好下口，回头离开了。

这是一只刚刚成年的斑龙，这是一次不成功的捕猎。

再往前飞，那讨厌的翼龙又出现了。艾极光打开了强干扰波，希望这些家伙不要再干扰大家的工作。

斑龙

剑龙

远处，身长不过 4 米，体重却有 2 ~ 3 吨的华阳龙，在大口大口地吞食着低矮树丛的叶子。旁边，体长是华阳龙一倍多的剑龙，要苗条得多，可以够到更高的树木的叶子。更远处，几只扭椎龙，正虎视眈眈，注视着这一切……

“Killing Time（猎杀时刻）！危机四伏呀，队长，我们要不要下去？”洪海波有些迫不及待。

“不！我们继续向前，去 1.5 亿年前，寻找更震撼的侏罗纪。”

“Jurassic（侏罗纪）！”洪海波用低沉的声音说道。

1.5 亿年前，阳光洒在一片热带雨林中，透过茂密的蕨类植物，斑驳地照在地上。空气中弥漫着湿润的泥土气息，偶尔夹杂着远处恐龙发出的低沉叫声。在这片繁茂的丛林中，高大的乔木伸展开它们的枝叶，与低矮的灌木和蕨类植物交错在一起。一阵风吹过，带起一阵沙沙的响声。这里是侏罗纪世界难得的一片静谧之地。

然而，很快就有恐龙大军打破了这片宁静。它们是一群圆顶龙，有十几只，其中有几只圆顶龙宝宝。圆顶龙爸爸妈妈大概有十几米长，宝宝们也有5~6米了。它们的脑袋大且厚实，鼻子是扁的，显得非常憨厚。它

圆顶龙

们对树叶一点儿都不挑食，也不咀嚼，直接吞进去。和它们有一样进食习惯的，是远处的几只雷龙。雷龙更大，最长的有21米，脖子约6米，尾巴约9米，四肢像大象。它们踏着沉重的

脚步缓缓走来，它们庞大的身躯在树木间显得格外引人注目。它们的皮肤厚实粗糙，每一块鳞甲都像是天然的防护盾。这 20 多只巨兽，只用了不到一小时，就吃光了一片树蕨的叶子。

“队长，我们到了！”艾极光说道。他已经将飞梭悬停在了空中。大伙已经被地面的各种巨型恐龙吸引住了。

云翔宇说：“好！按照之前训练的安排，艾极光继续驾驶飞梭，在空中护航。金健一和我一组，洪海波和林悠然一组，分别驾驶飞行器，分头出发。记住：本次任务，不许降落！不许出舱！不许飞出安全距离！”

“是！”大家立刻行动，5 分钟后，飞梭尾舱门打开，两台小型飞行器从飞梭尾部呼啸而出。

这两台小型飞行器，体型小巧，最大载员两人。头部像鱼龙一样，伸出一根长长的尖刺。机身呈三角形。整体看来就像飞镖。于是，就有了它的昵称——“飞镖”。金健一驾驶飞镖一号，洪海波驾驶飞镖二号。除了编号，两艘飞镖一模一样。它们线条流畅，外壳由特殊合金材料制成，既轻便又坚固，能够抵抗极端环境下的温度变化和较大的冲击。动力系统采用了最先进的太阳能电力助推发动机，最大飞行时速 3000 千米，一块电池晴天续航时间 24 小时。

在飞镖内部，配备了各种先进的科学仪器和传感器，用于收集和分析数据。这些仪器包括光谱仪、磁场计、温度计等，能够测量和分析生物、大气、岩石、磁场等各方面的参数。导航系统能够帮助探测器精确地定位和导航；通信系统则保证了乘员与飞梭的实时通信联系。

驾驶着这个新装备，洪海波兴冲冲地问旁边的林悠然："林悠然，你知道飞镖的最大特点是什么吗？"

"我认为是，我们不用出舱，就能采集生物数据。"林悠然说。

"不，我觉得是它的像尖刺一样的武器！"洪海波说。

"不就是发射激光束吗？有什么特别吗？"林悠然问。

"嗯，你不觉得它的造型很奇怪吗？"洪海波问。

"没有啊，就觉得有点儿像海豚，或者鱼龙。"林悠然答道。

"是呀。我真想在实战中试试，看看它的威力到底有多大。"洪海波说。

林悠然没有搭话。

洪海波看林悠然没有反应，就问道："那你说，它的生物数据采集系统，有什么特别的吗？"

林悠然这下来了劲，兴奋地说道："这就厉害了！100米以内，它能通过光敏、热敏、气敏系统，采集到动物的生物数据，包括基因。"

“具体说说！”洪海波不解地问。

“具体说，恐龙爱放屁！100米以内的恐龙放个屁，咱们的飞镖就能采集到屁里的恐龙基因。”林悠然说。

洪海波大笑道：“哈哈哈！恐龙爱放屁，这我知道。但是通过屁采集基因，这也太离谱了吧。”

“当然，通过呼出的气，掉落的羽毛、牙齿、皮屑，身上的肌肉组织，都可以。”林悠然说。

“这，这，这，都没我们什么事了呀。”洪海波笑道。

“你，只需要好好操作飞镖。”林悠然说。

“好嘞，保证完成任务。”

有了飞梭在高空保驾护航，两架飞镖安全地穿梭在雨林之中，扫描着丛林中所有的怪兽。

这些怪兽之中，要说巨无霸，非梁龙莫属。它体长约27米，体重约12吨。巴洛龙跟梁龙几乎一样高，但它的鼻子非常奇怪，鼻孔开口在眼睛上方。这两种恐龙虽然身体长，但不是最重的，因为它们的脖子和尾巴太长了，仅仅脖子就占据了身长的1/3。要说最重的，那得是腕龙，这种恐龙头小身体大，显得傻乎乎的，体重达30多吨，相当于5头非洲象。还有一种马门溪龙，身形与这些大家伙相似。这些大家伙，依靠巨大的身躯，使大部分肉食性恐龙知难而退。它们或三五成群地漫步在树林间，或独自觅食，慢条斯理地在草地上啃食着鲜嫩的植物叶子。它们的长尾巴来回摆动，打破了周围的宁静。

不过，事情总有例外，饥饿总会使有些肉食性动物克服恐惧。洪海波和林悠然就拍到了残暴的异特龙，捕食巴洛龙的场景。这是一群异特龙，身长都在

梁龙

腕龙

马门溪龙

异特龙捕猎

异特龙攻击剑龙

5米左右，脑袋大、颈部强壮有力，面对身长是它们数倍的巴洛龙，毫不怯战，发出几声震耳欲聋的咆哮声后，就扑向了巴洛龙。巴洛龙细长的脖子，本来是一个巨大的威慑，此时，面对异特龙的大嘴，却成了致命的软肋。

“妈呀，这比电影里残忍一百倍。真想给这一群异特龙来一梭子子弹，太残暴了。”洪海波厉声说。

“这是自然法则，这样的事情每天都在发生。洪海波，我们无法阻止。”林悠然说。

“林悠然、洪海波，你们那边怎么样？”耳机里传来云翔宇的声音。

“队长，队长，我们很好！话说异特龙真是残暴至极！”洪海波说。

角鼻龙

“好的！林悠然，请同步你们的数据！”云翔宇说，又笑着加了一句：“洪海波，少看些实景电影，好好工作！”

“收到，队长！”洪海波不好意思地笑着说。

“是！”林悠然立刻将刚收集的数据同步。这里的无线信号都由飞梭自带的发射器发射。

“腕龙、角鼻龙、美颌龙、异特龙、钉状龙、沱江龙……”林悠然仔细核对着这些恐龙数据。

“洪海波，金健一，前方发现乌云，可能要下雨，小心驾驶！”这是艾极光的声音。

“收到！”“收到！”

的确！洪海波发现前方乌云密布。他正要向云翔宇请示是否调整飞行方向。忽然，天空闪烁了几下，乌云像是裂开了几道缝隙，几秒钟后，轰隆隆……震天响的雷声传来。隔着飞镖，那巨大的声音都让队员们吓了一跳。远处森林中发出一闪一闪的亮光，有浓烟翻滚着冲上云霄。

“着火了，林悠然！着火了，队长！”洪海波说。

由于洪海波和林悠然的飞镖还在贴近丛林飞行，所以，除了有几只翼龙飞过，他们并没有发现异常。但是，林悠然发现探测仪屏幕上的数据不断变换，显然远处有大量动物奔来。树木的摇晃、飞起的无数昆虫、越来越清晰的吼声，证明恐龙群越来越近了。

“回飞梭去，快！恐龙们受惊了！”云翔宇喊道。

这时，艾极光立刻降低了飞行高度，准备接应队友。他看见远处火势已大。不巧的是，雨没有下，风却来了。风吹散了乌云，加大了火情。不时飞过的翼龙，有些已经不管飞梭的干扰信号，径直飞过去。森林的大小恐龙都在沿着风向逃难，大片树木都被惊慌失措的恐龙撞倒，连数十棵巨大的红杉都没能幸免。更可怜的是，跑得慢而被撞倒的中小型恐龙，几乎被踩成了肉泥。此时，已没有肉食性、植食性之分，所有动物就只是朝着没有火的方向逃跑，谁都有可能被烧死，或者被撞倒、挤翻、踩死……

“快回来！队长、洪海波，恐龙群都已经疯了！”艾极光喊道。

“不好，我们的飞镖被树枝挂到了。”这是金健一的声音。

咣——，艾极光、洪海波、林悠然都听到了撞击的声音。

“队长，金健一——”艾极光、洪海波紧急呼叫起来。

时间好像停滞了。耳机里只有恐龙的吼声，却没有队长和金健一的声音。

洪海波立刻说：“艾极光，你控制好飞梭，随时接应我们。我和林悠然去寻找队长和金健一。”

“收到，海波，我能够定位到飞镖一号的位置，你应该也看到了。”

“是的，我马上过去。”洪海波说。

“好的，我就在你们正上方，守候你们。我会为你们清理周围的危险。”

“好的，我已经到达指定位置。”洪海波说。

突然，耳机里传来声音，“洪海波，艾极光，我们还活着。”这是云翔宇的声音。

“刚才落地时受了点撞击伤。”这是金健一的声音。

“好的，我们这就下去接你们。”洪海波说。听到队友没有大碍，洪海波和林悠然松了一口气。

可是，只看到仍有大批恐龙跑过，却看不见飞镖一号的影子。根据信息，洪海波和林悠然确定飞镖一号就在下方。

“应该是在那片倒伏的树下面。”林悠然说。

只见几棵红木倒在地上，树枝和树叶被恐龙群踩得七零八落。洪海波降低了高度，立刻就发现了被压在树枝下的飞镖一号。几十米处一只角鼻龙跑过，又撞倒了一棵苏铁，飞来的树枝几乎要插到飞镖二号。好在洪海波操作及时，躲过了危险，将飞镖二号安全降落到了飞镖一号旁边。不远处，有一只腿部受了伤的异特龙，这时也没有了捕食者的戾气，只是大口大口地喘着粗气，不时狂啸一声，不知道是在呼救，还是在向洪海波和林悠然这些异类示威。远处，还有几只大小恐龙的尸体。

洪海波和林悠然已顾不得这些，立刻赶到了飞梭一号跟前。洪海波立刻拍打舱体，喊道："队长，金健一！"一边试了试打开舱门，没有成功。

"洪海波，林悠然，我们还好，就是舱门打不开。上方的紧急出口也被大树压坏了。"金健一说。

林悠然也试了试，说："舱门变形了，打不开！"

"队长，有几只恐龙向你们的位置跑过来了，可能会伤害到你们。请求发射武器！"艾极光观察到了几只雷龙，还有一只脊双剑龙，正向洪海波他们的方向飞奔。

"先用火器挡住它们，不到紧急情况，不要伤害它们。"云翔宇命令。

"是！"艾极光接到指令，马上发射定向燃烧弹，以飞梭一号的位置为圆心，用一条半径 200 米的火线圆，将队友们与飞奔而来的恐龙隔开。可是，这样又带来一个新问题：火线离他们只有 200 米，马上就会烧过来。

洪海波还在强拆舱门，虽然用上了工具，可是"咣咣"地砸了半天，也只打开了一个口子，里面的金健一试了试，还是钻不出来。

此时，林悠然突然返回并立刻启动了飞镖二号。她用飞镖侧面，对准了飞镖一号的尾舱，对洪海波喊道："洪海波，闪开，快！队长，金健一，小心！"

洪海波立刻明白了林悠然的意图，闪到了一边。云翔宇和金健一也解开了安全带，将身体尽力往前倾。林悠然马上摁下了发射按钮，"哔哔哔"，三声刺耳的激光束打到了尾舱体上，尾舱侧面被打出一个一人多高的洞。洪海波飞身向前，喊道："队长，金健一，快，快！火来了！"

"放安全绳，艾极光！"林悠然说。

"收到，已放！"艾极光回答。

金健一在前，云翔宇在后，连滚带爬地钻出了飞镖一号。金健一受了一些轻伤，云翔宇和洪海波抱着他，爬上了安全绳，回到了飞梭。

同时，林悠然立刻抬升了飞镖二号，飞向了飞梭。艾极光早已打开了尾舱门。战友们终于又在飞梭里面团聚了。

往下望去，大火已吞没了那片森林，包括那只受伤的异特龙，包括飞镖一号，都湮灭在了熊熊烈火里。

"兄弟，你没事吧？"洪海波问金健一。

“还好，就是头有点蒙！”金健一说。

“是撞的！”云翔宇说。

“我看也是吓的，你看那只异特龙，就在金健一旁边，张着血盆大口。”洪海波笑道。

大家也都笑了。

“哎，对了！林悠然，你今天表现太棒了，知道用激光束开洞。”洪海波笑着，夸起了林悠然。

“艾极光给我们画的火圈半径为200米，我算了一下，以刚才的燃烧速度，20秒就会烧到我们的位置。”林悠然一板一眼地说。

“20秒，这么快，你怎么算的？”洪海波好奇地问。

“森林大火在极端天气条件下，火势蔓延速度一般能达到每小时55千米，大约是每秒15米，我根据今天的风速、湿度、地形和树种情况，估算火速不会低于每秒10米。”

洪海波佩服得几乎要蹦起来，“太牛了！林悠然。我对你的敬仰，已经如黄河泛滥，一发不可收拾了。”

大家也纷纷赞扬林悠然的智慧与机智。

这时，金健一叹了一口气，努着嘴，不好意思地说：“可惜了我们的飞镖一号。队长，怪我的驾驶技术不精，没有避开树枝。你处分我吧。”

云翔宇拍了拍金健一的肩膀，说：“那种情况，一片树都在倒伏，很难避开！回去，我会向博士汇报的。”

“是啊，金健一，出事故，也是我们探险的一部分嘛，只有克服困难，才能成长嘛！”洪海波说。

“只是，不知道咱们的飞镖一号埋在了这里，会不会在我们的时代被发掘出来呢？那将是一个惊天的考古成果！”洪海波继续说道。

“哟，洪海波说话，越来越理性了啊，我都有点不认识了！不过这倒是个问题，幸亏恐龙还不会使用咱们的装备，要是穿越到人类时期的古代，那还真不能留下任何东西。”艾极光说。

“是啊，这是非常严肃的科学问题，必须得注意！”洪海波听到了表扬，马上回应道。

大家都纷纷微笑，表示赞同，飞梭飞向了远方……

夕阳西下，侏罗纪时代的天空逐渐染上了一抹橘红色。阳光透过稀疏的云层洒在大地上，显得更加静谧和神秘。

最后一缕青烟湮灭，那片森林，连带那些一起倒下的动物，都化为尘土。

远方，另一片雨林，繁衍生息、追逐杀戮、奔跑逃命、发展进化的故事，仍在上演……

第十集　白垩纪之盛极而衰

秘密实验室。

“我们这次行动计划，代号为‘金蝉’。”博士说。

洪海波笑嘻嘻地问：“金蝉脱壳，这个名字好哎！博士，我们是要去白垩纪跟霸王龙玩三十六计吗？”

“呵，洪海波，霸王龙可是不容易对付的哦！”博士说。

暴龙捕猎

蛇颈龙

“是呀，这些家伙不仅残暴，而且更加狡猾了！”金健一说。

“更何况，还有什么暴龙、迅猛龙，海里还有蛇颈龙。”艾极光说。

“知道，我知道！”洪海波停顿了一下，接着说：“兄弟们，我们已经跨越了几亿年，飞遍了地球的很多角落，哪一次不是困难重重、危机四伏。我们能够闯过侏罗纪，一样能够闯过白垩纪！我们不怕异特龙，一样不会怕霸王龙！”说最后一句时，洪海波举起了左臂，俨然就是个政治领袖。

“说得好！”金健一大声说。

“说得好！洪海波。”

大家一致为洪海波的讲话鼓掌。

云翔宇示意大家安静下来，说道：“这次行动，咱们还有几个新帮手——金蝉。”

“金蝉？不是行动代号吗？”洪海波问。

博士接着说：“云翔宇说的金蝉，是我们的机器人。这次一共派去5名机器人，分别为金蝉一号到金蝉五号。这次行动是有高度危险性的，所以为了避免出现伤亡事故，特意选择金蝉机器人作为这次行动的主角，因此，行动代号‘金蝉’。”

博士一番话，搞得大家有点懵。洪海波再想发问时，已被云翔宇打断，说：“该出发了，相关计划我已知晓，到时告诉大家！”

“是！”大家熟练地登上了飞梭。这次，飞梭尾舱里多了5个神秘的黑箱子，而且尾舱与前舱之间多了一道防护门。所有人都知道那些盒子装着金蝉机器人。大家都好奇，金蝉长什么样子。

飞梭刚一进入稳定飞行模式。金健一就第一个问道：“队长，金蝉长什么样子啊？”

“说实话，我也没有见过它们的庐山真面目！”云翔宇笑道。

“啊？”洪海波更蒙了，说：“大家都没有见过，那我们怎么跟机器人合作干活呢？”

“任务非常明确，我们不需要与你们合作。”这是一个陌生的声音，分明是从一个黑盒子里传出来的。

“哦？请问你是金蝉几号？”林悠然好奇地问。

“林悠然你好，我是金蝉一号，也是本次行动小队的队长！”

洪海波禁不住笑了出来：“队长？哈哈哈！你是队长，那我们云翔宇队长怎么办？”

“这次行动，我们是主角，你们打配合。博士已经告诉你们了！”金蝉一号说。

“那我们还得听你们的喽？”洪海波问，语气里饱含着不服。

“原则上说，是的。但是不出意外的话，你们只需坐在飞梭里，接收数据。”金蝉一号说。

“接收数据？”洪海波头都大了，那只用林悠然一个人就行了，甚至林悠然都不用啊，飞梭直接接收就行了。

“是的。如果你愿意，外面到处都将是恐龙，随便看！”金蝉一号说。

“我们是来工作的，不是来看实景演出的。”洪海波显然已经被这个金蝉一号刺激到了。金健一和艾极光也有些不高兴。气氛突然有些紧张。

“我们马上准备降落，按金蝉一号说的办。”云翔宇说。

“队长，我们就这样，被机器替代了？”洪海波不服气地说。

“执行命令！”云翔宇冷冷地说。

“是！”洪海波不再多说。

金健一小声说：“洪海波，机器取代人，不是全社会的现实嘛，这有什么奇怪的？”

洪海波苦笑了一下，其他人也不作声，但心里都觉得怪怪的。

1.45 亿年前到 6500 万年前的白垩纪，地球的几个大陆渐次分开，大西洋、印度洋逐渐形成。地球气候温暖湿润，物种变得更加丰富。尽管裸子植物和蕨类仍占据主导地位，但植物界中出现了被子植物，让动物们的食物变得更加丰富，再也不用只吃那些单一的、略带苦涩的蕨类树叶了。分离的大陆、丰富的食物使动物进化也出现了多元化。蛾、蜜蜂加入了昆虫家族；蛇类丰富了爬行动物家族；小型哺乳动物的出现，更是物种进化的一大进展。

但是，地球的霸主，仍旧是恐龙。白垩纪的恐龙种类更多。植食性恐龙当中，长约 2 米、短脖子的鹦鹉龙和隐角龙身形相似，是近亲；身躯达 10 米长的禽龙，体态笨重，常常拖着大尾巴，成群聚在一起，啃食树叶。同样喜欢群居的，还有棱齿龙，它只有约 2 米长，看起来比一个正常的成年人要瘦削，还跟人一样双手均有 5 根手指。它的亲戚有很多，比如树龙、腱龙、利琳龙、闪电龙。它们都是短跑高手。

飞梭刚一落地，尾舱门立即打开。五只金蝉噌、噌、噌，窜出飞梭，飞向远方。它们掠过了几只正在飞奔的闪电龙！闪电龙愣住了神，停在原地，望着远去的不速之客，眨眨眼睛，摇摇脑袋，不知所措。

所有队员都转身看这些机器人。洪海波惊道："嚯！这些家伙太快了吧，怎么就从盒子里出去了？我没看清，花花绿绿

白垩纪动物群

暴雨中的鹦鹉龙

腱龙

的，好像跟猫一样，怎么就飞了呢？林悠然，你看清了吗？”

“我看到了，像猫，颜色不一样，分别是蓝色、黄色、黑色，还有两个没有看清楚，太快了。”林悠然说。

“是啊，这也太快了，我刚打开舱门，还没顾着回头，就不见了。”艾极光说。

“看屏幕吧！”金健一说。

飞梭里有12个屏幕，其中5个屏幕传回了五只金蝉拍到的实时画面。它们相互之间拍到了对方的身影。这才让大伙看到了这些金蝉的庐山真面目。

“原来还有绿色和红色！”林悠然说。

“这哪里像蝉，分明像加了翅膀的猫。不如叫‘飞猫’。”洪海波指着屏幕说。

“我也觉得像猫，不过弄成五种颜色，代表什么？”金健一说。

“刚才说话的，应该是那只黑色的。”林悠然说。

“对，黑猫，蓝宝石一样的眼睛，太酷了，就应该做队长。那其他几只呢？分别是几号？刚才也不知道做个自我介绍。”洪海波说。

“看屏幕，就知道了。”云翔宇说。

“对，看屏幕左上角，有编号的。”林悠然说。

艾极光离屏幕最近，立刻说：“一号的画面拍到了蓝、黄、绿、红，所以一号是黑色。”

“二号是黄色！”金健一说。

“三号是蓝色，四号是红色，五号是……”林悠然说。

没等林悠然说完，洪海波便抢过了话头赶紧说：“五号是绿色。”

“它们分开了，队长！”艾极光说。

“它们开始行动了！”云翔宇说。

“队长，有只恐龙在抓蛇！”艾极光说。

“是恐爪龙！这条蛇也是最早的蛇了。”林悠然的知识宝库又打开了。

“这边的树丛中还有蜜蜂呢，这也是早期的蜜蜂了吧？”金健一说。

“对，还有蛾子，对了，这说明被子植物出现了。胡桃、杨树、枫树、木兰、榕树都出现了，它们都为蜜蜂提供了花粉。”

“这么说，恐龙有水果吃喽？”洪海波问。

鲨齿龙

“这个应该不会，我觉得恐龙还是喜欢吃蕨类吧！”金健一说。

“是的，蕨类还是占据主导地位的，还有裸子植物。”林悠然说。

“真是不知道什么好吃，笨龙！”洪海波说。

残忍的捕猎场面又上演了：这是一只约 14 米长的鲨齿龙，它用近 1 米长的、鸟一样的嘴，咬住了一只约 6 米长的豪勇龙，旁边 3 只豪勇龙，呆呆地站住，眼睁睁地看着自己的同伴被鲨齿龙咬死。

金蝉二号的效率实在是太高了，这样的杀戮画面也就在二三秒间，就被它拍成了电影。相关恐龙数据很快也已传输完毕。其他金蝉也是如此。

五号传回了中华鸟龙、小盗龙、原始祖鸟、北票龙等小型恐龙，最有特点的是像火鸡一样的尾羽龙，全身长满了羽毛，只有 70 厘米大。

三号传回了林龙、多棘龙、结节龙、蜥结龙。其中蜥结龙身长 7.6 米，体重 2.7 吨，脖子两侧长着骨刺，俨然就是特大号的蜥蜴。

四号传来了正在湖里抓鱼的重爪龙。重爪龙长约 9 米，手掌有三根手指，能像叉子一样叉鱼。

一号则传来了南方巨兽龙追逐猎物的画面，被追逐的是一群恐龙，有林龙、多棘龙、结节龙，跑在最前面的竟是几只仅有 1 米长的长春龙。

结节龙

南方巨兽龙

中华鸟龙

棘龙

还有背上生有背帆，同样会抓鱼吃的棘龙。它的近亲激龙、似鳄龙也一样生活在水边。这些家伙体长均有约 10 米，重得跟两辆越野车一样，每天不知道要吃掉多少条鱼！

萨尔塔龙长达 12 米。尾巴就占身体长度的 1/3，能像根鞭子一样抽打敌人。金蝉二号的镜头就拍到了萨尔塔龙抽打气龙的画面。气龙可是异特龙的近亲，比异特龙稍小，但也是残忍的家伙。平时经常以小型恐龙，如敏迷龙等为食，这次大概是饿急了，才会冒着被抽死的危险去捕食萨尔塔龙。

镰刀龙因具有大镰刀一样的指爪而得名。它身长约 12 米，指爪长约 75 厘米，占据了前肢的 1/3。拥有这一利器，使它具备了更强的攻击力。

萨尔塔龙

镰刀龙

食肉牛龙，长得可不像牛，它前肢短小，身上还有鳞片。它的族系非常庞大，血缘比较近的有亚伯龙、奥卡龙、印度龙、马宗格厚头龙、奇踋龙。

三号拍到了一幅有趣的画面：几只似鸡龙正在抢夺慢龙的食物。之所以如此大胆，可能是似鸡龙认为慢龙追不上它们。当然，似鸡龙并不小，长达 6 米，像鸡一样喙尖脖长无牙。与它们同族的还有似鸵龙、似鹈鹕龙、拟鸟龙。似鸵龙虽然像鸵鸟，但是有一条长尾巴。

臭名昭著的窃蛋龙被五号拍到了。它身小体轻，跑得很快，但这次并没有在干盗窃恐龙蛋的勾当，而是在吃草。看来它被冠以盗窃之名，可能是被人们误解了。

似鳄龙

厚头龙

似鹅鹕龙

奥卡龙

窃蛋龙

一只正在进食的南雄龙被几只大鸟一样的伤齿龙打扰到，慢悠悠地晃着脑袋，表达自己的不悦。紧接着又跑过去几只惊惶失措的斑比盗龙。哦！原来，有几只大家伙正从远方跑过来，是三只克里特龙。它们是埃德蒙顿龙的近亲。这两种龙都能长到 10 多米，算是比较大的恐龙了。

“暴龙！快看！”林悠然喊道。

话音未落，队伍最后的一只克里特龙，已经被从侧面窜出来的暴龙扑倒了。

“完了，完了！”洪海波惊呼道。

暴龙用身体将克里特龙压在身下，抬起头，瞄准克里特龙的脖子，准备来一个致命一击。突然，后面又追来一只大家伙，是霸王龙！

“哇！”大家都惊叫起来，没人知道接下来会发生什么。只见这只霸王龙长达 12 米，一个大嘴足有 1 米长，张开后简直令人窒息。它没有去咬已经倒地的克里特龙，而是向那只暴龙示威。暴龙当然不会轻易放弃自己已经到手的猎物，也张开血盆大口，前去迎战……

可惜三号很快飞过了刚才的战场，大家一片叹息，都在心里猜测着战况。紧接着，大家开始关注有点可爱的鸭嘴龙。这种恐龙头很长，嘴更长，像鸭子。它和近亲的慈母龙都会悉心照料自己的宝宝。当一只特暴龙试图靠近慈母龙宝宝时，几只慈母龙会一起上去，击退敌人，齐心协力保护龙宝宝。

包括慈母龙和鸭嘴龙在内的好多种植食性恐龙，已经有了集体迁徙的习惯。其中，既有 10 米左右的大个子恐龙，如盔

破壳而出的恐龙宝宝

伤齿龙

霸王龙捕猎

鸭嘴龙

副栉龙

龙、青岛龙、亚冠龙、兰伯龙、高顶龙和副栉龙；又有 1~2 米的小家伙，如原角龙和蒙大拿角龙。而暴龙家族里的霸王龙、特暴龙、艾伯塔龙常常会伏击这些迁徙大军里的某些倒霉蛋。

所有植食性动物，都进化出了各自的方式来抵御敌人。其中，群居就是个不错的选择，但随身携带武器，则是更好的办法。比如埃德蒙顿龙、包头龙和篮尾龙，有着厚厚的甲片，而且篮尾龙还具有尾锤。三角龙、开角龙、似角龙、尖角龙、独角龙、戟龙、巴甲角龙、原角龙、蒙大拿角龙、冥河龙和厚鼻龙，头上或身上长出了角。剑角龙和肿头龙头上没有生出角，而是长出了厚厚的骨板，像肉球一样长在头顶。一旦遇到敌人，就会施展“铁头功”。

这数不清的恐龙，大家都看得入了迷。这时林悠然发现金蝉已经在返回飞梭了。

篮尾龙

三角龙

林悠然说：“看来金蝉已经完成任务了。”

“这也太快了吧！”洪海波觉得不可思议。金健一和艾极光也点头表示同意。

这时，金蝉已经陆续回到飞梭，钻进了盒子。这次大家才勉强看到了金蝉的真面目，确实如林悠然所说，像五只不同颜色的猫。不过，在飞行时伸出了两只固定翼。回到盒子时则将固定翼收了起来。

这时，金蝉一号又说话了："云翔宇队长，任务第一阶段已经完成，请执行下一步任务。"

云翔宇立刻说："收到。金蝉一号。队友们，坐好。我们要出发前往五个不同的地方。第一站，西经 110° 、北纬 30° ，2200 年的位置：墨西哥的埃莫西约。"

大家不知道是什么任务，但都知道这次不同寻常。林悠然已经猜出了此行的目的。所以，当到达目的地，金蝉四号独自出舱执行任务，而队长却命令飞梭关闭舱门前往下一个地点时，她一点也不觉得意外。

洪海波当然是一头雾水的，因为下一个地点是新西兰的因弗卡吉尔（2200 年的位置），这么远，怎么不等金蝉四号完成任务一起去呢？难道金蝉四号能够追上飞梭？显然不可能，飞梭当然是极快的。很快，绿猫——金蝉五号去新西兰因弗卡吉尔执行任务了。

此时，金健一嘴角露出了一丝神秘的微笑。他猜出了金蝉五种颜色的含义：与奥运五环一样，五种颜色代表五个大洲。四号红猫去了美洲，五号绿猫去了大洋洲。接下来，黑猫去非洲，黄猫去亚洲，蓝猫去欧洲。一定是这样。

果然，下一个，黄猫——金蝉二号在中国河南洛阳出舱执行任务。云翔宇表示下一站是葡萄牙里斯本。“那一定是蓝猫——金蝉三号要去的地方。”金健一想。

洪海波此时却再也忍不住了，看大家没人说话，就问：“队长，这是什么情况呀。为什么它们分开了呢，我们的任务不是完成了吗？这飞出去的几只花猫也没有传回数据呀？”

云翔宇没说话，问道：“洪海波，你看出来什么规律了吗？”

“规律？”洪海波摇头，表示没有发现。

“现在还有两只金蝉，分别为蓝色的金蝉三号和黑色的金蝉一号，我们还要去欧洲的葡萄牙和非洲的坦桑尼亚，我问你，它们将分别去哪里？”云翔宇问道。

“这不是你和博士部署的吗？没跟我说呀，我哪儿能知道。”洪海波笑了笑。

“呵呵，大家猜出来了吧？”云翔宇微笑着问。

林悠然和金健一点头，艾极光则说：“三号去葡萄牙，一号去坦桑尼亚，金蝉的五种颜色应该对应着五大洲，是吧？”

大家都表示赞同。洪海波看就自己一个人不知道，红着脸说：“哦！明白了，明白了，五种颜色、五个大洲，和奥林匹克五环颜色的含义一回事。”

转眼便到了葡萄牙里斯本，金蝉三号独自飞出舱外开始执行任务。而后，飞梭飞向了白垩纪的非洲大陆。

当到达任务执行地点时，金蝉一号在飞出舱外前，向大家做了告别："永别了，云翔宇队长！永别了，队友们！我将努力完成任务，祝大家返程顺利！"

云翔宇挥了挥手，说："再见，一号，辛苦了，祝你们成功！"

"队长，为什么说永别呢？它们不回去吗？"大家都不舍地问道。

云翔宇，点了点头！

北京，一场关于恐龙灭绝的科技成果新闻发布会正在召开。一个室内大屏幕上，播放着6500万年前的白垩纪地球剧变。

6500万年前，一颗巨大的小行星，在宇宙的深邃中疾驰而来，它好巧不巧，撞向了太阳系中唯一生机勃勃的星球——地球。小行星的速度极快，剧烈的碰撞带来了令人胆寒的地震和海啸，以及遮蔽全球的尘土飞扬……

"博士，请问你们布置了多少机器人，布置在哪里？"一名戴眼镜的青年男记者问道。

"五台，具体位置不能公布，抱歉！"博士说。

“小行星撞击地球，不会造成这些机器人的毁灭吗？”一名女记者问。

博士推了推眼镜，坚定地说：“我相信，我们的机器人团队，一定能完成任务。”

“能具体介绍一下这些机器人吗？它们能够测量哪些数据？”又一个男记者问。

这款机器人，名为金蝉，形似家猫。全身由耐磨、防水的钛合金打造。头部设计十分独特，中央装有一颗高分辨率的摄像头，两侧则配备有红外线传感器和多光谱探测器，使它能够进行地形地貌的识别、气候条件的感知以及生命迹象的探查。它的“眼睛”是一对高级的RGB-IR相机，能提供清晰且细致的彩色图片，并能透过黑暗看到人眼难以察觉的热辐射。机器人还装备有显微镜和化学分析仪，这使它们能在各种环境下进行科学考察和实验。

机器人的四肢、关节均由高级仿生材料制作，能够像人类一样进行精细操作，可以在复杂的地形中自由移动。它还配备有多种传感器，可以感知地形变化、障碍物距离等，使其能够在无人干预的情况下自主导航。

“请问为何给它们起名叫金蝉？是金蝉脱壳的意思吗？”一个年龄稍大的男记者问。

“不，不！金蝉这个名字，取自它的本意。金蝉的成虫，只有两个月寿命，但是金蝉的幼虫，会在地下蛰伏十几年。我们需要金蝉活着，需要它们静静地观察小行星撞击地球及之后所发生的一切。”

“博士，非常期待，请问你们采集了多长时期的观测数据。”女记者又问。

“我们希望是：永远！”